JN070543

現代社会で乙女ゲームの
悪役令嬢
をするのは
ちょっと大変
1
二日市とふろう
イラスト 景

一条進
橘隆二
桂華院瑠奈

泉川裕次郎
後藤光也
帝亜栄一
春日乃明日香
開法院 蛍

TEISEI
帝西
——欲しい物はありましたか？
小さな女王様。
TEISEI DEPARTMENT STORES
WINTER
BARGAIN
[TEISEI NO FUYU]
帝西の冬

現代社会で乙女ゲームの悪役令嬢をするのはちょっと大変

It's a little hard to be a villainess of a otome game in modern society

1

二日市とふろう
イラスト 景

Story by Tofuro Futsukaichi
Illustration by Kei

It's a little hard to be a
villainess
of a otome game in
modern society

登場人物紹介

桂華院瑠奈
現代社会を舞台にした乙女ゲームの世界に転生した悪役令嬢。

帝亜栄一
日本一の自動車企業テイア自動車の御曹司。攻略キャラ。

泉川裕次郎
大物政治家・泉川辰ノ助議員の末息子。攻略キャラ。

後藤光也
大蔵省官僚・後藤光利主計官の一人息子。攻略キャラ。

橘　隆二
桂華院瑠奈の執事。瑠奈を公私共にサポートする。

一条　進
極東銀行東京支店長。橘と共にムーンライトファンド設立に携わる。

春日乃明日香
瑠奈の友達。衆議院議員の父親をもち、みかんをオレンジと呼ぶ。

開法院 蛍

瑠奈の友達。寺社系華族出身。かくれんぼでは絶対に見つからない。

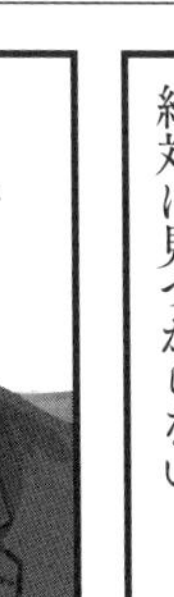

藤堂長吉

桂華商会相談役。前職は岩崎商事の資源調達部長。

泉川辰ノ助

立憲政友党所属衆議院議員。現大蔵大臣。

恋住総一郎

立憲政友党所属衆議院議員。元厚生労働大臣。

斉藤桂子

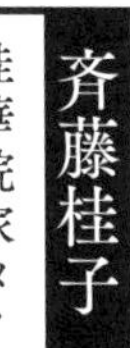

桂華院家メイド。元銀座の夜の女王。

時任亜紀

桂華院家メイド。カメラ好き。

桂 直美

桂華院家分流出身。息子の直之がいる。

桂 直之

北海道開拓銀行総合開発部所属。

前藤正一

警察庁公安部外事課所属。階級は警部。

帝亜秀一

帝亜財閥総帥。栄一の父。

高宮晴香

帝都学習館学園共同図書館館長。

小鳥遊瑞穂

乙女ゲーム『桜散る先で君と恋を語ろう』の主人公。

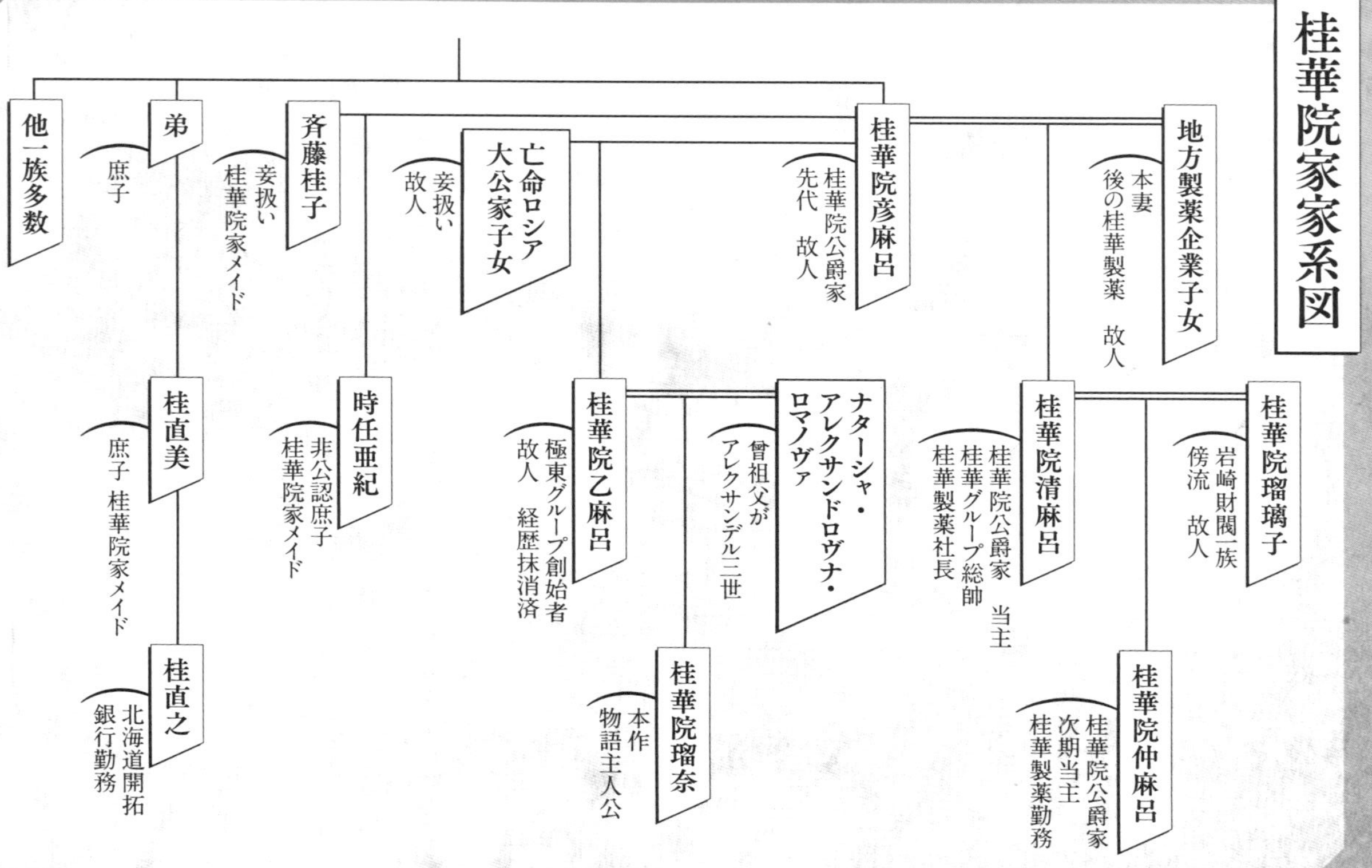

桂華院家系図
地方製薬企業子女
本妻
後の桂華製薬　故人
桂華院瑠璃子
岩崎財閥一族
傍流　故人
桂華院彦麻呂
桂華院公爵家
先代　故人
桂華院清麻呂
桂華院公爵家　当主
桂華グループ総帥
桂華製薬社長
桂華院仲麻呂
桂華院公爵家
次期当主
桂華製薬勤務
亡命ロシア大公家子女
妾扱い
故人
桂華院乙麻呂
極東グループ創始者
故人　経歴抹消済
ナターシャ・アレクサンドロヴナ・ロマノヴァ
曾祖父が
アレクサンドル二世
桂華院瑠奈
本作
物語主人公
斉藤桂子
妾扱い
桂華院家メイド
時任亜紀
非公認庶子
桂華院家メイド
弟
庶子
桂直美
庶子　桂華院家メイド
桂直之
北海道開拓
銀行勤務
他一族多数

It's a little hard to be a
villainess
of a otome game in
modern society

目次

2008年9月15日

東京台場帝亜タワーの最上階。

そのラウンジで行われている日本有数の財閥、帝亜グループの新規プロジェクト完成披露パーティーで私は摩天楼を眺めていた。

本来ならば、この場にて婚約破棄が言い渡されて私と私の家の破滅が決定づけられる。

私が知っていたゲームの話ならば。

昔遊んだ乙女ゲー『桜散る先で君と恋を語ろう』のラストシーンにこの場所は使われていた。

窓ガラスに映る己の姿に今でも戸惑うことがある。

私はこんな美しい金髪ではなかった。

私はこんなに色白でもなかった。

私はこんなに妖艶でもなかった。

私はこんなにも悪女ではなかった。

「捜したぞ。瑠奈」

私は瑠奈と呼ばれることも、桂華院瑠奈という名前でもなかった。

背後から声がかかったので振り向くと、婚約者になる男が映る。

帝亜栄一。

帝亜グループの次期後継者として、若年ながら帝亜グループにて才覚を現していた彼の視線は冷たい。

「あら？　栄一さん。私ではなく、瑞穂(みずほ)さんの所に行ってあげたら？」

さも興味がないふりをして追い払おうとするのに、栄一さんは私を見つめたまま。

その目には不信感がはっきりと映っていた。

「お前は一体何をやっている？」

その声は少なくとも愛を囁(ささや)くような声ではなく、私を弾劾する声。

とはいえ、その弾劾を私は肯定せざるを得ない。

パーティー会場では、パーティーの席にはふさわしくない話題が花を咲かせているだろうからだ。

（ウォール街の連中が騒がしい。何をやらかしたんだ？）

（ウォール街のトップ連中がワシントンに呼び出されたらしい。アレ絡みで）

（こっちの金融系の連中が顔を出していないのは、それが理由か）

（サブプライムローン絡み、とうとう本丸に火が付いた訳だ）

（他人事(ひとごと)じゃないぞ。どこまで被害が広がるか分からんからな……）

ゲームならば、ここで弾劾されて私は破滅する。

「帝亜グループの迷惑にはならないように手は打ったつもりですが？」

「そういう事じゃない!!」

栄一さんの怒声が耳に心地よい。

イケメンからのイケメンボイスは本来ならご褒美である。

断罪されるのが私でなかったらの話だが。

「何で俺に相談してくれなかった！　光也も、裕次郎もお前の動きを気にしていたんだぞ‼　瑞穂もお前の事を……」

彼が言葉を止めたのは、私が再度夜景を見たからだ。

露骨なまでの拒絶。

後藤光也は父親が財務省事務次官という官僚一家の秀才、泉川裕次郎は父親が与党代議士という政治家一族の御曹司だ。

彼ら三人から断罪されて破滅するのが本来の私の役回りだった。ゲームでは。

よくある転生というものだ。

前世の記憶を持ち、破滅しないようにと努力した成れの果て。

それでもこういう形でイケメンとすれ違ってしまった。

「まぁ、栄一さんを含めたお三方に隠そうとしても無理ですわよね」

あっさりと私はそれを言う。

やった事は大した事ではない。

タックスヘイブンにペーパーカンパニーを用意して資金をかき集め、意のままに動くファンドトレーダー達の資金供給源となっただけ。

持つべきものはコネである。

「瑠奈さん！　何で頼ってくれないんですか！　私達友達だって言ったじゃないですか!!」

主人公である小鳥遊瑞穂が隠れていたのに我慢できずに入ってくる。

その登場がゲームと同じだったので私は笑ってしまう。

結局、私は悪役にすらなれなかった訳だ。

「何を笑っているんですか！　瑠奈さん!!」

怒っている瑞穂さんがまたかわいい。

だからこそ、せめて悪役らしく、分かるような嘘で退場してあげよう。

「瑞穂さん。知っていました？　私、貴方の事を軽蔑していましたのよ」

唖然とする二人に私は笑みを向けてこの場を終わらせる。

良き敗北者として、この物語の幕を引こう。

「お幸せに。では御機嫌よう」

二人を尻目に私はラウンジをあとにする。

ラウンジを出た所で、私付きメイドの橘　由香が静々と入ってくる。

「お嬢様」

愁嘆場と思ったのか顔に心配の色が映っているが、私は彼女に用件を促した。

この時間で来るとは思っていなかったが、うっすらとそんな気はしていた。

かつての生。

前世と呼ぶべき時間で起こったあのイベントでかつての私の人生は暗転したのだ。

仮に、この世界がゲームの中だとしても、それが現代日本を舞台にしているならば、必ず起こると私は信じた。

そして、その賭けはいやな事に的中する。

「先ほど投資銀行のリーザン・シスターズがチャプター11を申請しました。ニューヨーク市場は大混乱に陥っています」

始まった。

私の破滅の始まり。

前世はろくでもない人生だった。

会社が潰れ、ブラック企業の低賃金で働き体を壊し、あっさりと解雇されてあとはそのまま底辺で野垂れ死にという末路。

何よりも時代が私達をないがしろにした。

これは、私が断罪される物語ではない。

私が、私達が時代に行う復讐（ふくしゅう）の物語。

それに人生を捧（ささ）げた私の物語の最後の幕を開けよう。

悪役令嬢らしく華麗に堂々と敗北しよう。

いつものように笑顔で、私は開幕の言葉を告げた。

「よろしくてよ。さぁ、ゲームを始めましょう」

【用語解説】

・タックスヘイブン……租税回避地。悪さをするファンドの資金源である。

・ペーパーカンパニー……幽霊会社もしくはダミー会社。会社である事で受けるメリットを享受するために用いる。

・チャプター11……連邦倒産法第11章。日本でいう民事再生法。使うと債権者はろくな目にあわないが、使わないともっとろくでもない結末になる。

・2008年9月15日……現実ではリーマン・ショック勃発。

おぎゃーと生まれて物心ついた時、私の耳に乳母から聞きなれない言葉が聞こえてきた。

「貴方(あなた)は桂華院(けいかいん)公爵家の血を引いているのですからね」

何で現代日本で貴族制度が残っているの!?

いや、それ以前に桂華院家!?

ものすごく聞き覚えがあるんですけど!?

その突っ込みはろれつの回らない口のせいで言葉にならず、あうあう言っているだけだったのだが、おかげでなんで死んだはずなのに生きているとか、なぜ幼児になっているとかの疑問を感じる暇もなかった。

大急ぎで確認しなければならない事があったのだ。

「うにゃ?」

「はいはい、よしよし」

乳母が抱いていた私を優しく揺らす。

わかっていない。もう一度!

「えーあいんうにゃ?」

「はいはい、うにゃ~~うにゃ~~~」

通じない！

もういちど！

「え～かいんるにゃ？」

「あらまあ！　瑠奈様、そうですよ、あなたさまの名前は瑠奈、桂華院瑠奈様でございますよ」

「うな～～～～！！！！」

「はい瑠奈、ル　ナ　でございます！」

大好きだった乙女ゲームに出てくる、悪役令嬢桂華院瑠奈。

十八歳の9月15日に、ゲームの主人公と攻略対象の美男子達から断罪される悪役令嬢の名前である。

破滅……破滅する運命の悪役令嬢と同じ名前……不吉だ、不吉すぎる。

この時からしばらく私は、生活のすべてが「自分がゲームの中に生まれ変わり、破滅の約束された、悪役令嬢桂華院瑠奈になったのかどうか」を確かめるために生きていたといっていい。
1．破滅の約束された
これについてはわからない、確かめようがない。

少なくとも、運命に抗う事ができるのかどうかを確かめるまでは無理だから後回し。
2．桂華院瑠奈公爵令嬢になったのかどうか
これを確かめるにはそれなりに時間がかかった。

自分の名前と公爵家令嬢であることは容易にわかったけど、偶然の同姓同名という線もある。

周囲の親族の名前の設定などを思い出し、一つ一つ確かめる必要があった。

結果は、少なくとも瑠奈の親族の名前は合致するので否定できない、というもの。
3．自分がゲームの中に生まれ変わったかどうか
これは割とすぐに否定的な回答が出た。

初めて会った人との好感度チャイムやら選択肢ウィンドウなんていう主人公専用かもしれない数々はともかくとして、風景を見るだけで違うとわかる。

空は水色と白と黒い線ののっぺりとしたものではなく、雨イベントや曇りイベントでもないといつも同じ形の雲という訳ではない。

濃淡と陰影とディティールがあり刻々と形を変え、圧倒的にリアリティがある。

庭の木々もおなじくリアリティがある。

これがゲームの中だなどありえない。

人の受け答えも画一的だったりせず臨機応変無数のパターンがあり、ゲームとは別物だ。

とある映画であった、世界そのものを完全再現したシミュレーションの中であり、その世界の中でさらに別の世界をシミュレーションしている……なんてサイバーな世界でもない限りありえないし、そんな世界の中なら現実となんら変わりないから現実として見るべきだろう。

という事はいわゆるパラレルワールドというやつだろうか。

よく似た、しかし色々と違う事もある隣り合った近い世界。

ならば、この世界が私の生まれ、育ち、惨めに野垂れ死んだあの世界とどれくらい違うのか、それによって自分はどう動けばいいのかを調べるべきである。

ゲームの中でない現実、パラレルワールドだとしても、ゲーム内の設定に酷似した世界で、ゲーム内のイベントに酷似した運命にとらわれているとしたら、私に待っているのは破滅なのだ。

足掻（あが）かずにはいられない。

二歳だったか三歳だったか、なんとか文字が読めるふりをして書斎にある図鑑を眺める。

そこに書かれていた歴史が明らかに私の知っている歴史と違っていた。

「あ。太平洋戦争『降伏』になってる。ノルマンディー失敗して、ドイツが最後まで戦っているなんて何が起こったのかしら……」

細かな所は置いておくが、この世界の戦後日本史は史実日本史と微妙に違いながらも、おおむね方向性は同じ所を進んでいた。

東西冷戦では西側につき、満州戦争（多分これが朝鮮戦争だったんだろう）とベトナム戦争に派兵。

このあいだ起こった湾岸戦争にも部隊を出して、多国籍軍の中核の一つになっている。

それでも、降伏による連合国の介入は避けられなかったらしく、自衛隊になっているあたりはなかなか面白い所がある。

貴族院が参議院になっており、数度の改革を経て衆議院の優越と選挙による議員選出に変わっていた。

悪役令嬢の爵位を何とかしようとしたゲームデザイナーの苦労が忍ばれる。

もう一つゲームで苦労したらしいものが財閥である。

太平洋戦争敗戦後、日本は財閥解体によって財閥から企業グループという企業間の連合体に姿を変えていた。

だが無条件降伏がなかった事で、財閥が生き残ってしまっていた。

もっとも、その負の側面はちゃんと出ていて、現在のバブル崩壊時に財閥の解体という形で、弱小財閥が潰れていったのである。

攻略対象の財閥御曹司、帝亜(ていあ)栄一(えいいち)の実家である帝亜グループはこの財閥再編時に弱小財閥を食べる事で大きくなって、日本有数の財閥として成りあがる。

現在莫大(ばくだい)な不良債権を抱えてなお進行中なのだが。

よく潰れなかったなと思っていたら、ゲーム内交友関係図を思い出す。

政治家一族の泉川裕次郎(いずみかわゆうじろう)の家は大蔵族の重鎮で、後の大蔵省事務次官を父に持つ後藤光也(ごとうみつや)が居るってこれ、大きすぎて潰せないようにした上で国家救済で乗り切った口だ！！！

銀行を抱えこんでいるから、救済合併で図体(ずうたい)大きくして日銀特融という腹積もりだな。これは。

話がそれた。

私の家である桂華院家は元はやんごとなきお方が臣籍降下してできた公家(くげ)系華族らしい。

で、家そのものは大戦期に血筋が途絶えたのだが、養子として入ったのが祖父だった桂華院彦麻呂である。

雅な名前とは裏腹に某家の庶子として生まれ、内務省に入省。

警察畑を歩み、特別高等警察の警視にまで上り詰めた時に大戦時日本の政変に関与する。

当時の首相が暗殺されるという重大事件の捜査指揮をとり、犯人不明のまま打ち切りというゔやむやな日本的結末の責任をとって内務省を退職。

その後、まるで口止めの報酬とばかりに途絶えた桂華院家の名籍を継いで公爵位を賜ったそうだ。

こんなある種の成りあがり華族だから敵も多いが、警察官僚時代に政敵の弱みを多く握っていた事が我が家の発展の礎となる。

敗戦時に生産施設が無事で、満州戦争・国共内戦・ベトナム戦争と立て続けの戦争において軍事物資を売り続ける事でこの国は立ち直り、桂華院家もその恩恵にあずかる事になった。

我が家の企業の中核を占めるのは桂華製薬。

戦後自衛隊の海外派兵とともに医薬品供給を受け持ち財を成す。

その過程で桂華化学工業や桂華商船、桂華商会や桂華倉庫、桂華海上保険、極東銀行、極東生命、極東ホテル、極東土地開発等を持ち中堅財閥として発展しバブルの波に乗り、その後始末に苦労すると。

ストーリーの軸になっている私と帝亜栄一の婚約は、桂華財閥救済の側面があったわけだ。

製薬会社で戦争とともに財を成し……あっ……

特高の警視で日本の裏面を知って……あっ……

見なかった事にしよう。

色々と知るにはこの年では早すぎる。

パタンと図鑑を閉じて書斎を出る。

廊下に飾られてあった鏡に映る私の金髪をいじる。

日本人でこの金髪で色白はないよなぁと思っていたが、そこも色々と努力したのだろう。ゲームデザイナー陣の苦労が忍ばれる。

権力と財力を手にした我がお祖父様(じいさま)は女遊びも派手で、色々な女性と浮名を流していたらしい。

そんな一人に亡命ロシア人貴族を祖先に持つ娘が居た。記録が消されているのは、そういうやばい所なのかと察するに十分だった。

で、関係の上に父が生まれるのだが、最初は当然庶子として認知せず飼い殺しに近い状態だったらしい。

そんな彼に近づいて、事業を持ちかけた連中が居た。

亡命ロシア人が中心となって作られていた極東グループだ。

祖父に黙って桂華院の名前と財を借り、そこの令嬢と父は結婚し、極東グループとして事業を拡大させて独り立ちしたかのように見えた。

この極東グループが東側のスパイ組織の息のかかったグループで、西側の技術スパイを目的として立ち上げられた事が分かった時、事態は誰も得をしない所にまで進んでいた。

ロシア人である母は私を産んですぐに亡くなり、父も華族が持っている不逮捕特権で手が及ばずに捜査打ち切りとなってから謎の自殺をして、私は両親の姿を知らない。

この事態を豪腕で解決できる祖父は既に黄泉路（よみじ）に旅立ち、東側はそもそも国がなくなってしまっていた。

この醜聞を内々で片付ける為（ため）に、ある種の国策として桂華院財閥は極東グループを吸収し、その段階でバブルが崩壊。

かくして不良債権を抱えた桂華グループも帝亜グループに吸収という流れなのだろう。

この時点で私に味方は誰も居ない。

実際、本家とは違う屋敷で乳母たちと暮らしている。

うん。

歪（ゆが）むし、足掻く。

そして、帝亜グループからすれば、私と婚約する理由がまったくない。

まさか、婚約破棄そのものが最初から仕組まれていた？

あるのはこの白人と見間違えるほどの美貌と美しい金髪。

あとはちょっとした前世知識のみ。

ああ。

この美貌は、ちゃんと婚約破棄されるだけの業の代償な訳なのですね。


私の家には、両親の写真がない。

東側内通という大スキャンダルの結果、存在を消された形になっているからだ。

父の名前は桂華院乙麻呂。

名前からして、後継者じゃないよなこれ、という名前である。

とはいえ、その青い血には使いみちがあったので、優遇はされていたらしい。

祖父はともかく祖母の記録も抹消されているあたり、かなりやばい血筋なのだろう。

そんな鬱屈した感情が彼を事業家へと走らせたのだろうか。

父である乙麻呂は極東グループに参加し経営に携わる事になる。

「時代に乗っていた人でしたよ。だからこそ、時代から見放された時は哀れでした」

父を知っている執事の橘は私に寂しそうに語った。

時はバブルの手前。

山形県の一地方銀行だった極東銀行と父がコネを持つ事になったのは、父が設立した極東土地開発に、極東銀行が融資したという縁からである。

一地方都市の銀行でしかなかった極東銀行は、他行に飲み込まれるのを恐れて規模の拡大を目指しており、野心を滾らせていた父は桂華院家が見向きもしなかった北の地で、その青い血を看板に資金を集めようとしていたのだ。

ちなみに、桂華院家の事業としては、樟脳絡みで九州に桂華製薬の工場があり、桂華化学工業の工場も岡山県の水島と三重県の四日市にある。

その後、バブルの波に乗って規模を大きくした極東グループは、中核事業として極東ホテルを設立し、各地にホテルを建設。

さらにリゾートを整備しようとした所で、東側内通のスキャンダルが炸裂する。

「なにをやったのよ?」

「COCOM違反です」

思った以上にやばい事をやっていたらしい。

思わず、私も真顔になった。

東側との船便があった酒田港に、石油化学コンビナートを作るという話が持ち上がったのがバブル前あたりの事で、この石油化学コンビナートは極東土地開発が用意した土地に桂華化学工業が工場を建設し、東側から輸入された石油や天然ガスを使って製品を国内にて販売というのが一応の計画の骨子であった。

ところが、この建設時に多数の工作機械や建設機械が東側である北日本民主主義人民共和国に流れていた事が発覚。

で、調べてみると、極東グループのかなりの部分に東側の工作員が紛れ込んでいたという大スキャンダルに発展した。

不逮捕特権で表向きは罪には問われなかったものの、結局、父は自殺し、極東グループは桂華グループに吸収されて跡形もなくなり、残るはバブル崩壊でできた莫大な不良債権という訳だ。

これは私、社交界とかに出ていけない。普通ならば。

にもかかわらず、ゲームでは悪役令嬢として堂々と権勢を誇っている。

なにをやった？

いや。

なにをやらかした？

「橘。今度はお母様の事を話して頂戴」

今、私達はタクシーで酒田の日本海を見下ろせる墓地を目指している。

両親の墓はそこにあった。

海の向こうの故郷が見える所にと末期に頼んだ母と、見捨てられ裏切られた父の『桂華院の墓になど入るものか』の怨嗟の声で二人はこの地に葬られる事になった。

「お嬢様のお父上の言葉をお借りしますが、『春のような人』だったそうです」

名前はナターシャ・アレクサンドロヴナ・ロマノヴァ。

このハニトラを仕掛けたのは、樺太を統治する北日本民主主義人民共和国の諜報機関である国家保安省で、近年国家統一後に出てきた情報公開によると、右派重鎮だった私の祖父である桂華院彦麻呂公爵に打撃を与える事が目的だったらしい。

北日本政府は皇室を保持していた我が国への優位だけでなく、同盟国だったソ連に対するカードとしてロマノフ家の血族を保護していたらしいから、案外本当なのかもしれない。

ところが、ベルリンの壁が崩れた時に共産党と国家保安省と軍が内部分裂と対立を引き起こし国家崩壊。

介入した我が国に統一されるというのだから、世の中は分からない。

話がそれたが、母がロマノフ家の出らしいので、まぁ私も広義でロマノフ家の一員と名乗って良いだろう。

母の曽祖父はロシア皇帝アレクサンドル三世なのだそうだ。

皇帝には愛した人が居て、その人との結婚を考えていたが、皇帝の責務から別の人と結婚した。だが、身を退いた時にはその人のお腹には既に子供が居たという、よくある物語である。

で、ロシア革命から第二次大戦を経て、御家の零落していた母を使って、東側は父にハニトラを仕掛けたという訳だ。

かくして、私の髪は美しい金髪となった。

「着きましたよ。お嬢様」

「寒っ！」

体の4分の3がロシア人とはいえ魂も生活も日本人な訳で、まだこの時期の山形は寒かった。

私が持つ花束の花は白い百合で、母が好きだった花らしい。

母の墓は十字架で父の墓が墓石なのは、なんか奇妙な感じがしたが、まぁ二人ともあの世で幸せにやっている事を祈ろう。

私が母の墓に百合の花束を置き、橘が父の墓に菊の花束を置いて、二人して手を合わせる。

こんな姿でも日本人を名乗っているので、手を合わせてお経を唱える。

「なんまんだぶなんまんだぶ。お父様お母様お元気でしょうか？　私は橘や桂子(けいこ)さん亜紀(あき)さん直美(なおみ)さんのおかげで元気に暮らしています。今、幼稚園児なんですよ」

不思議なものだ。

知らない両親の筈(はず)なのに、声は震え涙が溢(あふ)れる。

「まだそちらに行く事はないでしょうけど、折を見てお墓参りには来たいと思っています。では、また」

立ち上がると、橘がハンカチを私にくれたので、それで涙を拭いた。

これは私の本心なのだろうか？

それとも、本当の桂華院瑠奈の心の叫びなのだろうか？


もうすぐ五歳にもなると私も色々とやんちゃをする訳で、自分の家の探検やらかくれんぼやらで少しずつ私を取り巻く人間達というのが見えてくるようになる。

そんな私の日常にいる人達を紹介してみよう。

「お嬢様。朝ご飯を食べたら遊びましょうか」

「はーい♪」

私に声をかけたのは桂華院家からやってきたメイドで時任亜紀さん。

大体私の相手をしてくれるメイドである。

両親はおらず、学生生活とメイド業を両立しているとか。

「おまたせしました。今日はお嬢様の大好きな鮭の切り身ですよ」

「しゃけー」

ご飯を作ってくれたのは乳母兼メイド長の斉藤桂子さん。

独身の筈だが、亜紀さんと並ぶとどう見ても親子にしか見えない。

あっ……気がつかなかった事にしよう。

貴族じゃなかった、華族社会の闇は深いのだ。

この二人に交代要員として桂直美さんという人が居る。

直美さんは今日はお休みで、亜紀さんが学校に行く場合は私についてくれる事になる。

「いただきます」

私の声に皆が手を合わせて食べる。

幼少の身とはいえ、私がこの屋敷の女主人なのでテーブルの中央に私が座る事に。

女手の他に男手も当然あって、この屋敷はそんな人達によって支えられている。

「お嬢様。お勉強の時間が終わったら、午後にはお昼寝を……」

橘隆二はこの家専属の男手であり私の執事でもある。

私に代わって色々な問題を解決してくれる初老の紳士なのだが、時折値踏みをするような目で私を見るからちょっと怖い。

一応、まだ純真無垢なお子様を装っているつもりなのである。

仮にも公爵家の子女にしては、お付きの人の数が少ないが、そんな生活が今の私の日常である。

……ゲーム内には全員出てこなかったのだが、これはどういう事なのだろう？

「お嬢様。どこにいらっしゃいますか？」

「おしえてあーげない♪」

亜紀さんとかくれんぼをしながらこの屋敷を散策。

築五十年庭付き二階建ての洋館は、ゲームにおける私の住居として使われており、絵を現実化するとこうなるのかと、なんとなく納得した覚えがある。

東京都大田区田園調布のこの屋敷は、もともとは桂華院家の別邸として使われていたもので、後に私のお父様に譲られたらしいが、今は私が住む以外には誰も訪ねて来たりはしない。

桂華院家本家は東京都港区白金の方にある。

木の陰に隠れていたら、壁向こうから声が聞こえてくる。

「ここって桂華院家のお屋敷でしたっけ？　いつも門が閉まっているみたいだけど？」

「ええ。別邸ですわね。本家はたしか白金のはず。今は、小さなお嬢様が一人で住んでいらっしゃるはずですわ」

「それはお可哀そうに。桂華院家も、先代の頃の栄華も今は昔、色々と苦しいみたいで」

「それを言ったらどこもかしこもですわ。バブルの頃が懐かしいですわね」

バブル崩壊。

失われた十年というか二十年というか、とにかく長期にわたるこの国の低迷を決定づけた経済イベント。

今はその真っ只中で、壁向こうの奥様がたの声にも心なしか不安の色が混じっている。

問題なのはここから更にひどくなる事なのだが、それを知っている者は、私しかいない。

「わ!?」

「見つけました。お嬢様。木の中に隠れるのは駄目だって、私言いましたよね?」

「えへへ。ごめんなさい」

木の陰から持ち上げられて、私は亜紀さんに叱られる。

ふと気になったので、試しに聞いてみた。

「亜紀さんって学校行っているんでしたよね? 楽しいの?」

「ええ。高等部に通っていますけど、奨学金申請が通ったら大学部に行こうかなと。もちろん、お嬢様の側を離れるつもりはありませんわ」

その一言で十分だった。

華族というか貴族というのは見栄の世界である。

そこに勤めるメイドが大学に行くのならば、その費用は貴族が出すぐらいの事をしなければ、内外に舐められる。

「あの家、経済的にやばくね?」と言われる訳だ。

にもかかわらず、亜紀さんは奨学金と言った。

それの意味する所は、亜紀さんに桂華院家はお金をかける余裕がないという事。

この生活が長くは続かない事を、私ははっきりと悟ったのだった。

「うわ。こんなに出ているのか……」

執事の橘が留守なのを見計らって、こっそり帳簿をチェック。

そこから見えてくるのは、華族の生活の支出というものだった。

私一人という事で切り詰めたみたいだけど、人件費は四人で二百万円。

これに光熱費と雑費で百万ほど支出されており、合計で月三百万円の支出となっている。

一方の収入だが、基本桂華院本家からの振込に頼っているが、その額が明らかに減っていた。

かつては五百万だった所が今は三百万円まで減っており、橘が余剰金を使って財テクをして微妙に足りない金額を穴埋めしている始末。

これからバブル崩壊のトドメが来るのが分かっているので、更にこの費用は削られるだろう。

「うん。橘や桂子さんや亜紀さんや直美さん達と別れるのはいやだな」

たとえ悪役令嬢になろうとも、いや、悪役令嬢だからこそついてきた人達にはできる限り手を尽くさねばならない。

だからこそ私は、この人達と別れたくないので、良い子の仮面を脱ぎ捨てる事にした。

何をするにしてもお金がないと始まらない。

私自身の立ち位置も確認したし、とりあえず足掻く事にする。

「出かけたいのだけど用意してくれる？」

私の澄ました物言いに執事の橘隆二が背を屈(かが)めて確認を取る。

前は祖父の下で働いていた銀髪の初老の彼は表向きは私を子供扱いしない。

とはいえ、お子様な私の仕草が、端から見て大人のふりをして背伸びしているようにしか見えないのがまた困る。

「かしこまりました。お嬢様。どちらへ？」

「極東銀行東京支店」

桂華グループの一つである極東銀行は、日本海側の地方都市に本店を置く地方銀行である。

本店設置に際して極東グループが東側との付き合いがあった事で選ばれたのだが、かの銀行もめでたくバブルの後始末に苦しんでいたのだった。

おまけに、極東銀行は桂華グループ内部では傍流に位置するから、切られる恐怖は常に抱えているだろう。

「ようこそいらっしゃいました。瑠奈お嬢様。今日はどのようなご用件で？」

ザ・銀行員と言わんばかりのスーツと髪型にメガネをつけた支店長が私を貴賓室にて出迎える。

豪華な調度品のテーブルの上に置かれるのはオレンジジュース。

まだ幼女の私を貴賓室で出迎える支店長の営業スマイルに感心しつつ、私は幼女らしからぬ事を要求する。

せっかくなので、幼女ちっくに舌足らずに言ってみる事にしよう。

「たいしたことじゃないの。このぎんこうのばらんすしーとをみせてちょうだい♪」

「は？」

「は？」

出て来た大人二人の声を尻目にオレンジジュースをぐびぐび。

ついでに露骨な子供アピールをしておこう。

「わたし、オレンジジュースよりグレープジュースのほうがすきなの。つぎにくるときにはよういしておいてよね」

「それは失礼いたしました。ですが、お嬢様がバランスシートなんて……」

「子供だからって、何でもペラペラ喋(しゃべ)らない事ね。色々と耳に入っちゃうのよ」

口調を変える。

この手の会話は主導権を握り続けるのが大事だ。

そして、本当の目的は支店長よりも執事の橘隆二を味方につける事。

幼女の私がこの時点で金儲(かねもう)けを企(たくら)むには、どうしても大人の協力が必要だったからだ。

「ここの不良債権、洒落(しゃれ)にならない所にまで来ているって。本家の方も、見切りをつけようかと考えているわよ。住専問題が火を吹きかけている今、誰が首を切られるか分かっているでしょう？」

テーブルで腕を組んで、さも当然のように話を進める。

土地神話が崩壊し誰もが不良債権を抱えていた中、住専問題が国会で火を吹いたのがトドメとなって97年の金融恐慌に繋(つな)がってゆく。

「失礼ですがお嬢様。たとえその通りだとしても、お嬢様に何ができるとおっしゃるので?」

支店長が反撃を試みる。

それを私は一蹴してみせた。

「あら。私は女よ。女でできる事って言ったら一つしかないじゃない」

女は生まれながらにして女であり俳優であるとは誰の言葉だっただろうか。

たとえ幼女でも男をたぶらかす術(すべ)はお腹の中で母から授かるのだろう。

「政略結婚の駒。どこかの財閥の殿方の下に嫁いで、桂華グループの救済の役に立つ」

私の断言に男二人が押し黙る。

私が生かされている理由であり、真実だからこそ彼らは反論できない。

「だからね。バランスシートを見せて頂戴。裏帳簿も含めてね。そうでないと、私がどの財閥からプロポーズを受けないといけないか分からないでしょう?」

貴賓室のテーブルに大量の帳簿を並べさせて私は思わず頭を抱える。

さり気なく二杯目のジュースがグレープジュースに変わっているあたり、この支店長馬鹿ではない。

というか、馬鹿が東京支店長なんて務められないか。

「しかしひどいわね。これ……」

案の定というか何というか。

極東銀行の不良債権はかなり洒落になっていなかった。

不動産事業を行う極東土地開発が地方リゾートに過剰投資し、その事業を運営していたのが極東ホテル。

ここは早めの損切りが必要だった。

桂華海上保険と極東生命もバブル期の不良債権を抱えて苦しんでいる。

円高で桂華化学工業や桂華商船もなんとか赤字を回避している状況で、各社の不振を桂華製薬が補塡する構図になっていた。

「ねえ。私の屋敷を抵当にした場合、どれぐらいの融資が引き出せる？」

現実を突きつけた上で悪魔の尻尾を出す。

支店長はここに至って私を子供扱いはしなかった。

「一応東京の桂華院家の屋敷です。土地建物含めて十億はつけられるかと」

腐ってもまだ財閥である。

幹が落ちる前だが、まだごまかしができる最後の時間だった。

「抵当をつけて五億用意しなさい。どうせ、あと数年もしたらあの屋敷抵当に入れられるでしょうからね」

ここで、私は執事の橘隆二を見る。

背景から本家が関与したがらない私の後見人は、執事の彼という事になっていた。

「ここから悪巧みをするんだけど、私は子供だから信用が得られない。信頼できる大人の人が欲しいんだけど、だれか居ないかな～？」

とてもわざとらしく言ってのけると、執事の橘隆二はただ一つ深いため息をついた。

「そういう所、大旦那様にとてもよく似ておられますよ。で、私は何をすればよろしいので？」

よし。

有望な味方げっと。

ついでだから支店長も仲間に引き入れてしまおう。

極東銀行東京支店長一条進。名前は覚えた。

「『インターネット』と『ブラウザ』って知ってる？」

後に『極東銀行の九回裏二死二ストライクからの逆転ホームラン』と業界内で囁かれる極東銀行のハイテク関連投資は信じられないリターンを叩き出し、一時期は桂華グループの稼ぎの八割を占めるまでに成長する。

金融ビッグバンの主役に躍り出た極東銀行と、その成果を以て大抜擢される一条進は、重大な投資案件の際には必ず桂華院瑠奈の居る屋敷に足を運んだという。

極東銀行東京支店支店長室。

ＩＴバブルの波に乗り叩き出された収益報告に、私は当然と思いながらも目を剝いた。

想像はついていたが実際に耳にすると、なにそれという金額だったからだ。


「米国ブラウザ企業の上場で、ムーンライトファンドには一億ドルの含み益が発生しました。また、同時期のＩＴ企業への出資及び株式の購入に伴ってやはり一億ドル近い収益を確保しています。それと、外貨為替取引での収益がこちらです」


一条の報告に私は表面上は落ち着いたふりをするが体は震えていた。

米国で眠らせているお金がこの時点で二億ドル。

ここまで利益が膨れ上がったのも、知識として知ってはいたが、時代の大波のおかげである。

1ドル80円を切ったあたりでドルに変換し、出資したＩＴ関連企業は数百倍のリターンとなり、外貨為替取引でのリターンは1ドル１００円を回復した今では五百億円に膨れ上がっていた。


「で、極東銀行東京支店としてお嬢様に全力で乗らせていただいたのですが、そちらの収益は五百億円になります」


ＩＴ企業株という担保を元に、極東生命を巻き込んでジャパンプレミアムもなんのそので金を借りまくっての外為勝負。

そのあまりに華麗な大当たりに、関係者は『極東のヘッジファンドマネージャー』や『日銀を助けた男』なんて名前をつけて、一条の事を評価しだしていた。

バブル崩壊でどこもかしこも青息吐息の銀行業界で、これほどの高収益を叩き出した例は他にない。

時代に乗るとここまで金は積み上がる。

それを私は思い知った。

「一条はこれで上に上がれそうね。更に色々悪巧みに付き合ってもらうから」

「喜んで良いのやら悲しんで良いのやら」

そこまで言って、一条の目が鋭くなる。

このあたり彼がトレーダーではなく、バンカーなのだとふと思った。

「不良債権処理。やっていいんですね？」

「もちろんよ。あぶく銭だからこそ、泡として使っちゃいましょう♪」

桂華グループに取り込まれている旧極東系グループ企業は、極東銀行をはじめとして極東土地開発に極東ホテル、そして極東生命の四社。

極東ホテルの建設費用を極東土地開発が出資し、極東土地開発の土地取得費用を極東銀行が融資していた為に、バブル崩壊に伴って三社にまたがる巨額の不良債権が発生していた。

さらに極東銀行の子会社だった極東生命は、資産運用先と保有株に極東銀行があったために、不良債権処理に苦しむ極東銀行の含み損をもろに被って経営が悪化しているという関係である。

極東グループが桂華グループ入りした事で、これらの取引に桂華グループの債務保証がついていた。

つまり、極東グループの不良債権の根本は極東土地開発にある。

「極東土地開発の会社更生法申請。いいですね？」

「かわりに、こっちは極東ホテルを買収するわ。高値で」

不良債権処理のしくみはこうだ。

まず極東土地開発が保有している極東ホテルをムーンライトファンドが三百億円で買収する。

既に極東銀行管理下に置かれている極東土地開発だが、これで返さないといけない所の金を返済した上で、会社更生法を申請し清算する。

この結果、負債総額は百五十億円ぐらいに目減りするのだが、それについては極東銀行が負担し、東京支店の叩き出した収益で帳消しにする。

そして、ムーンライトファンドは残った資金二百億を使って極東銀行に出資しつつ、極東生命の保有している極東銀行株を買収し、株主として一条のサポートをする。

「橘」

私が橘の名前を呼ぶと、控えていた橘が静かに頭を下げた。

私が表立って動けないので、実際に動くのは橘や一条の仕事である。

「はい。関係各所には根回しは既に済んでおります。不良債権処理ですから、誰も泥はかぶりたがりませんよ。お嬢様以外には」

親の不始末を子の執事が処理する構図だから、誰もがそこから先は突っ込まない。

まだ私は橘と一条の陰に隠れることができた。

『山形県酒田市に本社を置く極東土地開発は今日、山形地裁に会社更生法を申請し事実上倒産した。

負債総額は百五十億円。

極東土地開発は極東ホテルの親会社としてバブル期に事業を拡大させ、バブル崩壊時の地価下落に伴って巨額の不良債権に苦しんでいた。

申請前に極東ホテルはムーンライトファンドという米国ファンドに三百億円で買収されており、残った負債は全て極東銀行の融資で処理された。

極東銀行は百五十億円の特損を計上する事になるが、収益予想に変化はないとコメント……』

『山形県酒田市に本拠を置く極東銀行は桂華院家の出資を受け入れる事を決定した。

極東生命が保有する極東銀行株の取得だけでなく、極東銀行本体へも第三者割当増資を受け入れる事で保有比率は33％になる予定だ。

第二地銀の極東銀行は不良債権処理に苦しんでおり、一番の問題だった極東土地開発の会社更生法申請でその処理を終わらせたばかり。

桂華グループを率いる桂華院家が傘下企業の不良債権処理の責任をとった形となり、地元経済界は極東銀行の不良債権処理が片付く事に歓迎の意を示している』

でん！

家の居間のテーブルの上にどんと置かれたものを私はただじっと見る。

わざわざ一条に頼んで警備員つきで持ってきたそれを眺めていた私に、グレープジュースとケーキを持ってきたメイド長の桂子さんが呆れ声を出す。

「まだ見ていたんですか？　お嬢様？」

「お金の魔力ってのを味わっている所。一緒に見る？」

「結構です」

そこに置かれていたのはビニールできちんと梱包された一億円。

日本銀行から運ばれてきたそれを極東銀行東京支店が受け取り、預金引き出しという形でこの屋敷に持ってきてもらったのだ。

そのため、万一に備えた警備員は部屋の隅で一億円を眺める幼女というシュール極まりない図を眺め続ける事に。

幼女の仮面は既にとっている。

「これで下手したら一人の人生が買えるわよ。それを思い知っている所」

「私はそこそこ贅沢をさせてもらえましたからね。今は、つつましくお嬢様を見守るだけで十分ですわ」

そこそこの贅沢というのは、桂子さんがお祖父様の寵愛を受けていた時の事だろう。

当時、銀座で名を馳せていた桂子さんはお祖父様の力で自分の店を持つ事もできたらしいから、そこそこどころではない贅沢をこの人は味わったのだろう。

なお、膨れ上がったあぶく銭の最初の使い道が、桂子さんの娘さんらしい時任亜紀さんの大学費用の工面だった。

大喜びの亜紀さんを見ていた桂子さんの目に涙が光ったのを私は見逃さなかった。

経済基盤は既に確保した。

このままでもうらぶれた旧家のお屋敷という箱庭は、私が成長するまでちゃんと機能し続けるだろう。

「無理に大人にならなくていいんですよ。お嬢様」

グレープジュースとケーキを置きながら、桂子さんは諭すように私に言う。

私の豹変(ひょうへん)をあらあらで片付けたこの人は強い。

「橘さんや私がお嬢様が大きくなるまでお仕えしますから、お嬢様はお嬢様らしくゆっくりと美しいレディになってくださいませ」

「……うん」

自然とこくりと頷(うなず)いた私が居た。

そんな私を見て、桂子さんは嬉(うれ)しそうに微笑(ほほえ)む。

多分、ここで終わっていたら良かったのだろう。

だが、歴史は、勝者をさらなる高みへ押し上げる事を好む。

その勝者が最後に破滅するまで。

「お嬢様。極東銀行東京支店の一条支店長がお見えになっていますよ」

直美さんの声に私は首をかしげた。

ん？

この一億を受け取りに来たのかしら？

警備員の方を見ると、知らないらしく首を横に振った。

「まぁいいわ。お通しして。直美さんにはお茶菓子を用意してと頼んでおいて頂戴な」

桂子さんに頼んで、一条を通す。

一条はテーブルの一億にも目もくれず、私の方を見て言い切った。

「うちのＭＯＦ担からの緊急報告です。『大蔵省がうちの不良債権処理に目をつけた』と。場合によっては、介入してくる可能性もあるそうです」

え？

何で大蔵省がうちに絡んでくるの？

何で大蔵省が極東銀行に目をつけたのか？

その理由は管轄の違いである。

大蔵省は巨大官庁で、その中は縦割り行政できっちりと管轄が区分されていた。

特に金融分野は、銀行・保険・証券の三分野でそれぞれ取り決めがなされており、これを跨ぐ事はご法度となっていたのである。

「米国のムーンライトファンドの扱いが大蔵省から見て引っかかったらしいです」

一条がぼやく。

米国に本拠を置いたムーンライトファンドは、ＩＴ企業に出資してそのリターンを得るだけでなく、ＩＴ企業の株取引を通じて高い利益をあげていた。

ここが大蔵省の目にとまったのだ。

「米国だから、日本の規制は問題ないんじゃないの？」

「だからと言って、良い顔をしないのも事実です。極東銀行の不良債権処理の資金から、手繰られたんでしょうね」

日本の官僚は優秀である。

特に己の管轄を乱す輩(やから)については徹底した攻撃を行う。

不良債権処理で大蔵省の護送船団方式に綻びが出つつある中、いや、出つつあるからこそ、その綻びは修正しないといけないという訳だ。

「で、大蔵省はなにか仕掛けて来そうなの？」

「今の所は目をつけただけです。ですが、これ以上派手に動くと叱られるでしょうね。今の頭取は大蔵省からの天下りですから」

一条の言葉に私は納得した。

私が極東銀行で動かせる駒は一条しかないのに対して、その気になれば大蔵省は行政処分をチラつかせつつ、頭取に命じて一条を排除できる。

つまり、目をつけられたらその時点で負けなゲームである。

「いいわ。今の所は大人しくしておきましょう。けど、国内ＩＴ企業にも出資したいのよね」

米国企業から95年に発売され、大ヒットしてデファクトスタンダードとなったＯＳが、世界的なＩＴの普及を爆発的に促した。

その後、98年に発売される事になる次世代ＯＳによって、その流れは決定的になる。

そして、この国でもＩＴバブルが一気に花開く事になるのだが、そこまでは手を打っておきたかった。

「橘。極東銀行株主として、証券会社の保有を提案します。買収の話を頭取に通しておいて頂戴」

「かしこまりました。国内の中堅証券会社でしたら、買える所がいくつかあるかと」

「ですが、国内の中堅証券会社の多くは、多額の不良債権を抱えています。下手に買って利益を不良債権に持っていかれるのは、まずいですよ」

私の指示に橘が頷くが、一条がそれに待ったをかける。

稼ぐだけなら、新しく作った方が含み損がないだけに安心なのだ。

「うーん。ちょっと考えさせて頂戴。一応何か言ってくるまで、ＩＴ企業への投資は続けておいてね」

結局その日、私はその決断を後回しにした。

『極東銀行が攻めの経営を加速している。

不良債権処理を終えた極東銀行は、外資のムーンライトファンドを通じて主にＩＴ関連企業への出資を繰り返している。

企業や家庭にパソコンが普及してゆく波に乗り、その収益をあげるというビジネスモデルを進めようとしている。

実際にそれが成功して不良債権処理にめどをつけたのはいいが、本来は証券業務であるこれらのモデルについて、大蔵省はあまり良い顔をしておらず、何らかの解決が求められている。

極東銀行への取材では、問題は把握していると回答があり、その上で、新規に証券会社を立ち上げるか国内中堅証券会社を買収するかを検討……』


子供の仮面を脱ぎ捨てたとしてもこの家のメイド達にとって私はやっぱり子供であり、体が子供である以上子供としての行動はどうしてもとってしまうものである。

「お嬢様。おやつですよ。今日はお嬢様の大好きなプリンです」

「わーい♪」

頭を使うとどうしても甘いものが欲しくなる訳で、今の私はまったく問題がない。

という訳で、生クリームの乗ったプリンを美味(おい)しそうに食べると、作ってくれた桂直美さんがにこにこと私の食べる姿を嬉しそうに見ている。

「やっぱりお嬢様に美味しそうに食べていただけると、作ったかいがありますわ」

直美さんは桂華院家の分流の人で、家を分けた分家ではなく血の繋がりはある分流なのは彼女が女性だからという事もある。

お祖父様の弟の庶子らしく、行き場のなかった彼女を拾ったのが新興の家だった桂華院家という訳だ。

末端の一族扱いを受けたはいいが明確な差をつけられる事を彼女は受け入れ、桂華院家の主導でお見合いを行い結婚。

息子は銀行員として本店で働いているという。

「そういえば、息子さんは今、銀行の本店で働いているんだっけ？　うちの極東銀行？」

「残念ながらお嬢様。コネを嫌って一杯勉強した結果、お嬢様の銀行よりもう少し立派な銀行で働いております。いつか、ご紹介するかもしれませんが、その時はよろしくおねがいしますね」

第二地銀の極東銀行より立派という事は、地方銀行か都市銀行か。

桂華グループとの取引を考えたら、岩崎(いわざき)財閥の岩崎銀行だろうか？

「それは楽しみね。ちなみに、どこの銀行？」

直美さんは未来を知っている訳がないので、その銀行の名前を少しだけ誇らしげに言った。

「はい。北海道開拓銀行の総合開発部に勤めておりますのよ」

都市銀行下位の北海道開拓銀行。

その破綻のきっかけとなった巨額の不良債権を生み出し続けた本丸の名前を総合開発部と言った。

『株価から見ると実質的に破綻しています』

――１９９７年３月　報道番組『日曜プロジェクト』コメンテーターの一言より――

北海道開拓銀行が破綻に向けてカウントダウンを進める中、私の資産はうなるほど増え続けていた。

すでに1ドル120円を突破した時点で一旦ポジションを解消し利確に動いたのだが、極東銀行の不良債権を処理してもなお、同額の日本円が私の手元に残っている。

その上で、ムーンライトファンドのドル資産にはまだ手をつけていない。

「証券会社を買うのは仕方ないわ。けど、不良債権をまるごと抱え込んでの買収はお断りよ」

私は橘と一条に指示を出す。

この時点で、私は証券会社を買収する腹を固めていたが、それゆえにきちんとしたルールを作る必要があった。

狙うのは、国内準大手証券会社で不良債権に苦しんでいる三海証券。

市場から狙い打ちされながらも大蔵省が必死になって救済を模索していた。

「相手先の役員は全員退職させる。不正行為をしていた連中にはちゃんと罪を背負わせる。飛ばしを含めた不良債権は全額切り離して整理回収機構に渡す。金融危機安定化の為に合併や買収時に日銀特融を受ける。この条件ならば、三海証券を買うと大蔵省に伝えて頂戴」

規模は小さいが、大蔵省としては、その面子にかけて三海証券を救済せざるを得ないのだ。

三海証券は92年から赤字に転落し、94年から大蔵省証券局が主導して護送船団防衛の再建計画を推進しているのだが、未だに赤字を出し続けており、経営状態は一向に好転していない。

計画を推進した大蔵省証券局は、その面子を守るためにもこの条件を飲むだろうと私は読み、それは見事に的中した。

後に『桂華ルール』と呼ばれる一連の不良債権処理の指針は、三海証券救済という前例があったからこそ、大蔵省に受け入れられたのだ。

大蔵省証券局がこのルールの受け入れを決めたのは、六月の事だった。


『極東銀行、三海証券を買収！

山形県酒田市に本社を置く極東銀行は、東京都に本社を置く準大手証券の三海証券の買収を発表した。

買収金額は四百億円と見込まれており、三海証券側の役員は責任をとって全員辞職する事となる。

不良債権を大量に抱えていた三海証券はこの買収の前に、傘下の子会社で同じく不良債権を抱える三海ファイナンスの会社更生法を申請した。

他の不良債権も全て時価で整理回収機構に売却し、その損失を計上する見込みである。

極東銀行はこれに対し、減資によって株主責任をとらせた上で、債務超過分を出資し補塡する予定との事だ。

また、この措置を実施したとしても、なお自己資本比率の低さがネックとなるため、金融安定化の為に日銀特融で補うとしている』

袋小路に追い込まれる前に三海証券を助け出した事は、三海証券・北海道開拓銀行・一山証券と続く、悪夢の連鎖破綻のトリガーを外した事を意味する。

　連鎖がなければ、個別に爆弾処理は行える。

　この時はそう思っていたのだ。

「助けてください。お嬢様」

七月。

北海道開拓銀行と、道内大手地銀との合併交渉が破局したという報道が流れた、その翌日の事。

今、私の前で見事な土下座をしている彼がやってきた。

桂直之（なおゆき）。

うちのメイドの桂直美さんの息子さんである。

その直美さんも私の隣で、何がどうなっているのか分からず、おろおろするばかり。

「いきなり助けてくれって言われても、こちらもはいと言えないじゃない。せめて、何がどうなっているのか説明して頂戴な」

まだ三十路（みそじ）という彼の顔は痩せこけ、窶（やつ）れていた。

ろくに眠れていないのか、目の周りには濃いクマまでできている。

過酷な業務に心身ともに疲れ果てているのだろう。

「私が勤めている北海道開拓銀行についてはニュースである程度ご存じかと思いますが、今、うちの銀行は預金流出に苦しんでおります。どうかお嬢様の資金のいくらかを北海道開拓銀行に預けていただけないでしょうか？」

今年の春に実質的に破綻しているとテレビで名指しされてから、北海道開拓銀行の行員はありとあらゆるコネを総動員して、預金確保に走っていたのである。

コネを嫌って北海道開拓銀行に入行した彼が、そのコネに縋って私に土下座するという社会の理不尽を、私はまざまざと見せつけられていた。

「お嬢様……」

主である私と、土下座する息子を見る直美さんの目には、涙が浮かんでいる。

親を泣かせてまで資金集めに奔走する彼の姿を見て、私の過去の記憶に火が灯った。

長い長い不況に入り、義理人情も全て金と自己責任という言葉の下に押し流された弱者の私は、最後には何も縋るものもなく、一人さびしくこの世を去ったのだという事を。

その記憶を思い出した時、最初に湧いた感情は怒りだった。

己をそんな末路に追い込んだ社会に対する怒りではなく、努力をしても報われない社会を生んだ時代というものに対する怒りだった。

私は悪役令嬢だ。

少なくともこの生ではそういう設定の下で、私は悪役令嬢に成るように人生を歩いているはずである。

その役割については、実は納得している私が居た。

いずれ出てくる主人公に悪役令嬢である私は負けて破滅する。

それはある意味、当然のお約束であり、美しい物語である。

派手に華麗に負けるのであるならば、その役割を受け入れてもいいと思っていたのだ。


だが、この目の前の光景は何だ？


時代という大波に飲まれた多くの人間が、前世の私の姿が、今、目の前にあるではないか。

こんなものを見たくて私は悪役令嬢なんて役を引き受けたつもりはない。

私が負けるのは主人公だけだ！

時代なんてどうしようもないものに負けたくはない！

「……橘と一条を呼んで頂戴。とりあえず一億。それでいいかしら？」

「ありがとうございます！　お嬢様！　ありがとうございます!!」

桂親子は泣きながら私の手をとって感謝していた。

今の私は、二人を救う事ができる。

いや、起こる波を知っていたから、更に金を稼ぐ事ができる。

救う事ができる。

北海道開拓銀行を。

一山証券を……

……日本経済を、かつての私達を救う事ができる。


ため息をついて軽く首を振った。

それをしなくても私は悪役令嬢として、破滅するまでは裕福に過ごせるだろう。

それぐらいの基盤は既に築いている。

だが、それを再度全部賭ける事ができるならば、もしかして日本経済を救う事ができるかもしれない。


「お嬢様。お呼びとの事ですが何か？」

桂親子を下がらせてから小一時間ほどして一条が到着し、橘といっしょにやってくる。

直美さんからある程度聞いているだろう二人が絶句する一言を、私は淡々と告げた。


「北海道開拓銀行を買収するわ」


「正気ですか!?　お嬢様!?」

私の北海道開拓銀行買収発言に叫んだ一条に私は肩をすくめて言い放つ。

とてもあっさりと。

「あまり正気でないかもしれないわね。せっかくだから、一条。私にも分かるように、なんで北海道開拓銀行を買収する事が正気でないか教えてくれないかしら?」

このあいだ、橘は何も言わない。

少し落ち着いてきた一条は私をじっと見た上で、確認を求める。

「どのあたりから?」

「最初から。私も、本当にこれが正しいのか分からないから。きちんと説明を受けて間違っているのならば、この話は撤回します」

一条は私を見つめたままため息をついた。

その上で、己の財布から百円玉と一万円札を出して、私の目の前に置いた。

「お嬢様に質問です。お嬢様はこのお金で物が買えるという事を知っています。では、どうしてこのお金で物が買えるのでしょうか?」

「なかなか難しい事を言ってきたわね。……お金には、それだけの価値があるから?」

「いい所を突いてきましたね。お嬢様。正しくは、『価値という共同幻想の可視化』です」

「価値という共同幻想の可視化?」

私がその言葉を繰り返している間、一条は財布からさらに千円札九枚と小銭を出そうとして橘に話しかける。

足りなかったらしい。

「橘さん。五百円玉ありますか?」

「一枚でよろしければ」

テーブルの上に並べられた一万円札と千円札九枚と五百円玉一枚と百円玉五枚。

これを前に一条は説明を続ける。

「私達は、この一万円札一枚とこっちのお札と硬貨が同じ価値であると理解しています。ですが、たとえば日本を知らない宇宙人がこれを見て、同じ価値であると理解できるでしょうか？　これが、価値という共同幻想可視化の本質です」

ふむふむ。

私は頷いて理解している事をアピール。

一条は橘に五百円玉を返し、お金を財布にしまう。

「お金の本質が価値であるという事を理解した上で、今度はその価値の取り決めについて語りましょう。価値というものにはいくつかのルールがあります。まず、第一かつ絶対的なルールは、相手が居ないと成り立たない事」

一条の説明に私が首をかしげると、一条はしまったばかりの財布から百円玉をまた出して私の前に置く。

「私一人だったら、この百円玉を一万円と言い張っても問題ないでしょう？」

「あー」

思わずぽんと手を叩く。

相手が居るからこそ、価値というものは成り立つのだ。

「では、お嬢様がこの場にいる事にしましょう。私がこの百円玉を一万円と言い張っている時に、お嬢様はこう言います。『これ百円玉じゃないの？』。さて、どちらが正しいと思います？」

あきらかになにか企んでいる一条の笑みを見て私は少し考える。

とはいえ、最初からと頼んだのは私なのだから、一条が期待する答えを言ってみることにしよう。

「私じゃないの？　だって、百円玉って書いてあるじゃない」

待ってましたとばかりの笑みを見せて一条は私の踏んだ罠に追撃をかける。

その指摘は、たしかに私にとって盲点だった。

「正解は、『どちらも正しくない』なんですよ」

「へ？　百円は百円じゃない？」

「お嬢様。その百円は本当に百円なのですか？」

「？」

何を言っているのだろうこいつという表情を浮かべた私に一条はまた財布から一万円札を出す。

しまったり出したり忙しいなと思っていたら、一条は一万円札を百円玉の隣に置いて言い切った。

「よく考えてください。お嬢様、こんな紙切れ一枚がこの硬貨百枚と同じ価値を持つと本当に信じているのですか？」

「……」

私は黙り込む。

これこそが近代経済の偉大なる革命的発想。

信用の根幹を成すのだから。

「私達はこれが百円であるという前提で会話を行っているわ」

「正確には、これが百円であるという保証をした第三者を信じている、ですね。その第三者こそ、日本銀行。つまり国です。これが現代社会のお金というものの本質。信用貨幣といいます」

一条はそこまで言って、少し視線をそらした。

まだここまでは話の半分なのだから。

「少し喉が渇きましたね。せっかくですから、コーヒータイムといきませんか?」

「私、グレープジュース!」

「かしこまりました。時任に用意させますのでお待ちを」

橘が部屋を出てゆく。

いつの間にか、この授業が面白くなっている私が居た。

前世でこういう事を知っていたならば、きっとあんな最期は迎えなかったのにとちらっと思ったが、橘と亜紀さんが飲み物と茶菓子を持ってきた瞬間に私のお腹が鳴った。

どんなに背伸びしても、まだまだ体はお子様としてお菓子を所望しているらしい。

「はい。お嬢様の大好きなプリンですよ」

「わーい。プリンー♪」

コーヒーを飲んでいた一条が授業を再開したのはそんな時だった。

「お嬢様。そのプリン美味しそうですね。よかったら、私に百円で売ってくださいませんか?」

「百円でなんて売りません! このプリンにはもっと価値があるんだから!!」

食い物の恨みはなんとやらではないが、結構本気で拒絶する私。

ここのメイドお手製のプリンだから、美味しいし高いのだ。

それを見た一条が、すっと、出しっぱなしの一万円札を私に差し出す。

「では、この一万円でそのプリンを売ってくださいませんか？」

「……くっ！」

今は良い所のお嬢様だが、前世は一般ピーポーの私。

一万円という価値に魂が反応してしまっていた。

その反応を見て、この場にいる三人が笑う。

「お嬢様。わたくしたちのプリンをそこまで評価していただいてありがとうございます。一条様。お嬢様を困らせないでくださいませ」

亜紀さんの物言いに一条は両手をあげて私は悪くないアピールをする。

その仕草に思わず私も笑ってしまった。

「さすがに食べませんが、少しだけそのプリンをこちらに貸していただけませんか？」

「……食べちゃ駄目だからね」

一条は私の前に一万円札を置いて、プリンを自分の前に持ってくる。

これで私は一条に一万円でプリンを売ったという事なのだろう。

「さて、私は一万円を出してこのプリンを買ったのですが、これは自分が食べるためでなく、別の人間に売って利益を得る為に買ったものです。という訳で、橘さん。このお嬢様のプリン、二万円で買いませんか?」

ブラックコーヒーを飲んでいた橘はプリンをちらりと見て一言。

「私、甘いものは苦手なんですよ」

よくできた芝居のように橘は言い放ち、一条は実に困ったそぶりで周囲を見渡す。

ここまで来ると、あのプリンがどのような役割なのか理解できた。

亜紀さんお手製のプリンは、日本経済における土地や株の代わりなのだ。

「さて困った。私は別にプリンは食べたくないし、このまま放置したらプリンは腐って食べられなくなる。そうなったら、誰も買ってくれない。仕方がないので、お嬢様。このプリン買いませんか?」

「百円でよかったら買うわ♪」

私はテーブルに出したままだった百円玉をとって、一条の方に差し出した。

一条は私の百円を受け取ってプリンを戻してくれた。

そして、実に白々しい芝居を続ける。

「なんとかプリンを処分できましたが、私の財布からは一万円札が消えてしまいました。妻が財布を見て、『一万円何に使ったのですか?』なんて尋ねたら夫婦喧嘩（げんか）勃発ですね」

これが不良債権の本質である。

ほしいと思った人間が価格を吊（つ）り上げ、買い手が見つからなければ値段は下がる。

簿価と時価という価値の違いがここまで差額を生むという事まで示していた。

「そこを、なんか怪しい手段でどこからかお金を用意した私が、一条に一万円をあげて夫婦の危機を回避したって訳ね」

「そのとおりです。お嬢様。一万円のプリンですらこうして夫婦喧嘩の危機の原因になります。土地や株という不良債権は、文字通り桁が違うんです」

先ほどとは打って変わって真顔で一条は言い放つ。

バブルとその崩壊の最前線に居た一条だからこそ、その言葉には重みがあった。

「第二地銀の極東銀行ですら、まだ四百五十億円の不良債権を抱えていました。それまでに色々処分しましたから、極東銀行の不良債権は最大時一千億円近くあったはずです。北海道開拓銀行は下位とはいえ都市銀行です。間違いなく、不良債権額は極東銀行の額より桁一つ上のはずです」

兆の資金を用意できるか？

時間があるのならば、ＩＴバブルでなんとかできるだろう。

だが、北海道開拓銀行は市場の売り浴びせによって、秋には破綻する。

明らかに時間が足りない。

「ならば、手は一つしかないわ」

真顔でプリンを食べながら私は言い放った。

「日銀特融。大蔵省を動かして、日銀特融を引っ張る策を考えるのよ」


金の話をしよう。

金（価値）の話をしよう。

金（信用）の話をしよう。

金（幻想）の話をしよう。


経済（金）の話をしよう。


あの悪夢の金融機関連鎖破綻。

その不良債権の額は以下の通り。

三海証券　　　　　　八百億円
一山証券　　　　　二千六百億円
北海道開拓銀行　　二兆三千億円

見ての通り、北海道開拓銀行の不良債権の桁が一つ違う。

日本経済へのダメージを回避するなら、本当に助けないといけなかったのは北海道開拓銀行なのである。

しかし、二兆三千億円なんて巨額の金を私は用意できない。

いや、この国でそんな額を用意できるのは一つだけ。

日銀こと日本銀行の特別融資。

日銀特融である。

これは金融システムが危機に陥った場合、信用維持のために政府の要請によって発動される、所謂、最後の貸し手だ。

資金不足に陥った金融機関に対して、無担保・無制限で実施される、この特別融資をどうやって引き出すかで、北海道開拓銀行の運命が決まると言っていい。

「まずは、今もらっている日銀特融を活用する所から始めましょう」

極東銀行による三海証券の買収に際して、今、三海証券には日銀特融が注がれている。

無担保・無制限の特別融資だからこそ、極東銀行による買収発表後も信用不安が続き、三海証券からの資金流出に歯止めがかからず、現在進行形で莫大な日銀特融が逐次投入されていた。

風呂の栓を閉め忘れて、下から水が漏れているのに、お湯を注ぎ続けているとイメージすれば、分かりやすいだろうか。

資金流出という栓が閉められ、お金というお湯が満ちるまで、日銀特融は止まらない。

「だからこそ、今はかなりの無茶ができるわ」

私が断言すると、一条は顔を引きつらせて、恐る恐る尋ねた。

このお嬢様がこういう事を言い出す時は、何かろくでもない事をやらかそうとしていると学んだらしい。

実際に、そのろくでもない事を聞くと、橘共々再度絶句した。

「……聞きたくないですけど、何をするおつもりで？」

「『将を射んと欲すれば先ず馬を射よ』ってね。北海道開拓銀行を買収するために、先に一山証券を買収します」

『三海証券、一山証券との合併を発表！

東京都に本社を置く準大手証券の三海証券は、同じく東京都に本社を置く大手証券会社、一山証券との合併を発表した。

存続会社の母体は三海証券となり、合併後の名称も三海証券に統一される見込みである。

大手証券会社の一山証券は多額の不良債権を抱えていて経営が苦しいだけでなく、総会屋への利益供与が発覚した事から、社長以下経営陣が総退陣しており、社内に混乱が広がっていた。

一部週刊誌によると、一山証券には損失補塡だけでなく簿外債務の疑惑すら囁かれており、今回の三海証券との合併も、大蔵省証券局の主導による事実上の一山証券の救済であるとして、野党などは反発している』

『一山証券は、明日の三海証券との合併に先立ち、簿外債務の公表と現経営陣の退任、前任者への刑事訴追に踏み切った。

発表によれば、簿外債務の総額は二千六百億円にものぼるという。

これらを含めた不良債権の全ては整理回収機構に売却される予定で、特別損失として計上されるとの事である。

三海証券は一連の発表に関して記者会見を行い、「合併を中止するつもりはない」と強調。

大蔵省も「金融安定化の為、現在も三海証券へ行っている日銀特融を打ち切るつもりはない」と発表し……』


一山証券の社員から内部告発者を捜すのは難しくなく、桂華院家の不逮捕特権を取引材料に情報を得た橘と一条は、それを元に桂華ルールという前例を武器に、極東銀行への根回しをした上で一山証券へ三海証券との合併を申し込む。

総会屋への利益供与事件で、経営陣総入れ替えにより機能不全に陥っていた一山証券と、それを監督できなかった大蔵省証券局は、こちらの出した条件を丸呑みせざるを得なかった。

決定打になったのは、一山証券がひた隠しにしていた簿外債務と、その損失処理で債務超過に陥る事を指摘した事だ。

損失処理過程で確実に債務超過に陥り破綻なんて事態は、大蔵省証券局としては絶対に避けねばならないシナリオなのである。

こちらが提示した桂華ルールを守ってくれるなら一山証券を救済する、と言った橘の最後の一言に、彼らは力なく頷いたという。

「大蔵省銀行局より先に、証券局が大口破綻処理をするはめになるなんて不始末、晒したくないでしょう?」

縦割り行政バンザイ。

この小が大を飲み込む合併の美味しい所は、小である三海証券には今も日銀特融が注がれており、感情的にはともかく、合法的に一山証券への救済資金を日銀から調達できる点である。

また、含み財産を全部可視化する事で不良債権を漏れなく処理できる点も大きかった。

どういう事かというと、金融機関が合併する場合、存続会社に資産を全部合流させる処理を行うのだが、そこで合併させられる側の全ての資産を、一旦『時価』で再計上できるのだ。

つまり、処理を実施した時点の適正価格で財産を引き継げるので、必然的に不良債権ではなくなるという訳だ。

それでも残ってしまう本当にやばいやつは整理回収機構に売っぱらい、口座解約等の信用不安は日銀特融でカバー。

このロジックにはマスコミは目もくれず、再度の一山証券役員総退任に、前任者の刑事訴追、合併後の名前に一山を使わないという、目立つ部分にのみ食いついた。

おかげで『一山証券お取り潰し』などと面白おかしく報道される事になったが、責任問題の決着を演出できたので、ある意味好都合である。

とにかく一山証券は生き残った。


季節は八月。

三海証券に次いで一山証券が救済された事で、市場は最後に残った北海道開拓銀行に標的を定め、容赦なく売り浴びせを行いつつあった。

地元地銀との合併が破綻した北海道開拓銀行には、この攻撃に耐える力は残っていなかった。

株価が倒産警戒水準といわれる100円を割り、額面スレスレの59円まで下がるのを待って、私は最後の仕掛けを行った。

北海道開拓銀行へのTOBの宣言である。

『米国カリフォルニア州に本拠を置くムーンライトファンドは本日正午、北海道開拓銀行に対してTOBを行う事を宣言した。

買取価格は74円。

総株式の三分の一から過半数の獲得を目指すという。

期間は十月末日までとの事である』

さあ。

数百億円のあぶく銭を溝に捨てて、北海道開拓銀行を、日本経済を救いに行こう。

『ムーンライトファンドによる北海道開拓銀行へのTOBをめぐって、市場関係者の間で疑念が広がっている。

何のためにＴＯＢをしかけるのか分からないからだ。

ＴＯＢが成立しても、当の北海道開拓銀行が破綻してしまえば、費やした費用は無駄になる。

また、仮に経営権を握った上で破綻を回避できたとしても、株主責任を問う形での減資は避けられない。

その為、通常、こういったＴＯＢにより経営を握る場合は、まず減資をした上で第三者割当増資等で経営権を握るのが一般的だ。

そういった疑念を抱えつつも、このＴＯＢは最後の逃げ場として、多くの投資家に歓迎されている。

その一方で、地元関係者には「今更手放しても損失の額はたいして変わらん」と株を持ち続ける人もおり……』

「現時点で発行済み株式の36％近くを集めることに成功しました。かかった費用は二百億ちょっとでしょうか。このまま行けば、過半数は問題なく取れるでしょう。しかし、あぶく銭とはいえもったいないですな」

一条が私にジト目で報告する。

過半数確保までにかかる費用は四百億円程度。

これがそのまま綺麗に泡と消える予定のお金だ。

ただし、ここからがこの芝居の面白いところだ。

「そろそろ記者会見ね。テレビをつけて頂戴」

私の言葉に、側に控えていた桂直美さんがリモコンを持ってテレビをつける。

国営放送の臨時番組には、ムーンライトファンドの関係者という外国人が、マスコミ相手に流暢(りゅうちょう)な英語で受け答えをしているが、同時通訳で即座に日本語に翻訳されてゆく。

――ムーンライトファンドによる今回のＴＯＢの意図を教えてください。

『我々はターンアラウンドマネジメントファンドとして、企業再生を目的としています。金融機関の救済において、その地域の経済と銀行は密接な関係を持っています。地域企業は銀行の株を持つだけでなく、それを担保として使用しているケースも多くあります。銀行の再生には地域経済の再生も不可欠なのに、担保を失い融資を受けられなくなる企業が続出したらどうなります？　今回のＴＯＢは必要な経費と我々は考えています』

――多額の不良債権を抱える北海道開拓銀行の再建は可能なのでしょうか？

『率直に言って、現状単独での再建は不可能だろうと我々も判断しています。いずれどこかとの合併を検討している、とだけ言っておきます』

――失礼ですが、貴方がたの事を外資系のハゲタカファンドと噂(うわさ)する向きもありますが？

『そう言われるのはある意味当然で、それは我々の事を知らないからだと理解しております。今回の記者会見を含めて、今後も情報を発信してゆく事をお約束します』

「しかし、米国は広いわね。弁護士資格を持つ役者まで居るのだから」

「おかげでこうしてハッタリが利かせられます。日本人が出ると、どうしても舐められますからね」

私のつぶやきに一条が乗っかる。

ムーンライトファンド顧問弁護士という役で、記者会見をするように雇ったのだ。

弁護士兼俳優だけに、受け答えはしっかりしているし、探られても資格は本物なので、そこで疑いは途切れる。

大蔵省はムーンライトファンドの正体を知っているが、それをマスコミの方に流していないらしい。

こちらの意図を図りかねているのだろうし、下手に探って私が手を引いたら北海道開拓銀行は今度こそ破綻する。

「で、大蔵省を黙らせる事はできそう?」

「ええ。大蔵省銀行局は、三海証券と一山証券の時と同じルールを飲む事に同意しています」

万策尽きつつあった北海道開拓銀行という火中の栗を拾っただけでなく、ＴＯＢで余計な金を払ってまで地元経済へのダメージを軽減させたというお土産が、銀行局の心証を良くしたのだ。

もちろん、先にうまく護送船団を維持した証券局の成功を知っているだけに、失敗が許されない空気だった銀行局が、こちらの条件を飲むのは時間の問題だったと言えよう。

「しかし良かったんですか?　経営権を主張しなくて」

「今の私に巨大銀行を経営できると思う？」

銀行局がこの買収を認めたもう一つの理由は、買った私達が経営権を主張しなかった事である。

つまり、極東銀行だけでなく、北海道開拓銀行や合併した三海証券も大蔵省の植民地として差し出すという事。

ここまでしなければ、兆単位の日銀特融は引き出せない。

同時に、この銀行をグッドバンクとして一気にやばい銀行を片付けるというアイデアを囁き、次に狙われるだろう長信銀行と債権銀行との合併にも応じる姿勢を見せた事で、ようやく危機的状況にある北海道開拓銀行の不良債権処理を進める準備が整った。

「向こうは私達に金を出させて、焼け太った金融機関を自由にできるとほくそ笑んでいるのでしょうが」

何しろ下位とはいえ、都市銀行三行と第二地銀が合併した銀行だけでなく、国内大手証券と準大手証券が合併した金融機関を、大蔵省の出城とする事ができるのだ。

現在進めている金融ビッグバンの格好のモデルケースの出来上がりである。

「いいじゃない。実質的な国有銀行になる以上、いずれ金融ビッグバンの前に、必ず民営化と称して競売にかけられる。それに参加する念書をもらえただけでも良しとしましょう」

この念書の条件は二つあって、まるごと買収する場合の競売の参加資格を大蔵省は認めるというのと、自力で立て直した極東銀行及び極東生命と旧三海証券分の持ち分は保証するというもので、自力で立て直したものまで国有化で没収するほど国も鬼ではないという訳だ。

もちろん、その背景には一山証券を綺麗に片付けた大蔵省証券局の支援があったのは言うまでもない。

テレビでは地元新聞社が最後の質問をしている所だった。

――地域経済への配慮はとてもありがたく、その地方の会社の人間としてまずは感謝を。ですが、噂に聞くハゲタカファンドではないかという疑念が拭えないのも事実です。我々に差し伸べられた手を本当に握って良いのか、困惑しているであろう道民に、何かコメントをお願いします。

『その疑念はもっともです。北海道は北日本政府と統一した際に経済的・地域的に連結された結果、この国では首都東京に次ぐコスモポリタンになっている場所です。そういう場所だからこそ、我々のファンドのオーナーが手を差し伸べたのでしょう』

――オーナー？

『ええ。これは明かしていいでしょう。我々のファンドのオーナーはロシアの血を引いています。この国の同胞に手を差し伸べたいという思いがあったのかもしれませんね』

「私、そんな事言ってないんだけど」

「良いじゃないですか。ある程度のアドリブはお嬢様が許可したのですから、今のはアドリブの範疇(はんちゅう)ですよ」

「まぁ、たしかに見た目ロシア人よね、私。何かあったらチャリティーで寄付でもしておきましょうか」

私は知らない。

このアドリブに長く私が振り回される事に。

このアドリブが世界に多大な影響を与える事に。

『山形県酒田市に本社を置く第二地銀の極東銀行は、北海道札幌(さっぽろ)市に本社のある北海道開拓銀行との合併を発表した。

存続銀行は極東銀行で、名称は極東北海道銀行となる。

北海道開拓銀行は多額の不良債権を抱えて経営が悪化しており、外資のムーンライトファンドはTOBによって経営権を握っていた。

ムーンライトファンドは同じく経営に影響力を持っている極東銀行と合併させる事で、不良債権を一掃する事を狙っている。

これに伴い、北海道開拓銀行では社長以下経営陣が一斉に辞職した上で不良債権を整理回収機構に売却。

更に減資を行って株主責任を明確化した上で、ムーンライトファンドが第三者割当増資で資本を注入する。

その間の信用不安については経営安定化の為に日銀特融を申請するとし……』

『外資系のムーンライトファンドが国内資本の桂華グループから資金提供を受けていた事が発覚した。

関係者もそれを認めている。

ムーンライトファンドは、極東銀行と北海道開拓銀行の合併によって成立した極東北海道銀行を作り出した立役者だが、以前から同ファンドが影響力を行使していた旧極東銀行は桂華グループに属している事から、関係性が噂されていた。

今回、野党議員による「ハゲタカファンドに国内企業を売るのか！」という国会での批判に対して、大蔵省銀行局が「外資ファンドではあるが、国内資本によって設立されており、合併銀行の新頭取は大蔵省より送る」と答弁した事で、関係が明らかになった。

これを受けてムーンライトファンドは合併銀行の名称を「桂華銀行」にすると発表……』


『都市銀行の長信銀行は、先ごろ成立した桂華銀行との合併を発表した。

存続銀行は長信銀行だが、名称は桂華銀行になるという。

本社機能は東京都に移すとの事で、実質的な救済合併となる。

市場は不良債権処理が遅れている銀行に狙いを定めており、北海道開拓銀行が救済された今、次の標的と目されていたのが長信銀行であった。

大蔵省は護送船団方式による不良債権処理として、この桂華銀行をグッドバンクとして利用する事を検討しており、長信銀行では社長以下経営陣が一斉に辞職した上で、不良債権を整理回収機構に売却。

更に減資を行って株主責任を明確化した上で、ムーンライトファンドが第三者割当増資により資本を注入して桂華銀行と合併……』

『都市銀行の債権銀行は、桂華銀行との合併を発表した。

桂華銀行は先に長信銀行との合併を決定したばかりであり、市場関係者からは驚きの声が上がっている。

存続銀行は債権銀行だが、名称は桂華銀行になるという。

手続きは長信銀行との合併後に行われるという事で、やはり実質的な救済合併となる見込みだ。

桂華銀行は存続銀行が極東銀行から長信銀行に替わった直後に、さらに債権銀行を存続銀行とする手続きを踏むという複雑な形態となる。

これは逆さ合併と呼ばれる、不良債権処理を一気に進める手段であり、債権銀行も社長以下経営陣が一斉に辞職した上で不良債権を整理回収機構に売却するとしている。

更に減資を行って株主責任を明確化した上で、ムーンライトファンドが第三者割当増資で資本を注入するのも長信銀行と同じである。

これらの合併に伴い日銀特融の総額は八兆円近くになると言われており、市場関係者からは「返済ができるのか?」「実質的な国有化」との声が……』

「来月付けで、執行役員に任命される事になりそうです」

怒濤の金融再編が一段落した晩秋。

一条が桂直之を連れて私の屋敷を訪れた。

大蔵省の強引とも言える不良債権処理の強行を市場は好感し、株価も落ち着きを取り戻していた。

あぶく銭が数千億ほど消えたが、やって良かったと、その時思った。

「ふーん」

「ずいぶんと淡々と言いますね。お嬢様。大蔵省のお礼なのに」

「そりゃ、他人事ですから。結局、私の自己満足でしかないから。今回の仕掛けは」

興味がなさそうな声で私が返事をし、それを見た一条が苦笑する。

合併の度に資本注入による出資と、株主責任をとる形での減資を繰り返しているので、これらの金融機関再編に投じた資金のほとんどが消えていた。

一条の異例とも言える執行役員就任はそのお詫びと言っていい。

もっとも、ITバブルのおかげで私の資金はそれを補って余りあるほどに膨れていたのだが。

「桂は私の下につけて、本社のプライベートバンク部門に送ります。執行役員になって、これまでのようにお嬢様のファンド全体に目を配るのが難しくなりましたから、実務は彼に任せるつもりです」

一条の説明に桂が頭を下げる。

一条の隣に控える桂の顔色も良くなっており、それを見た直美さんがこっそり涙を隠したのを、私は見逃さなかった。

「いいわ。今後ともよろしくね。あと、親不孝しちゃ駄目よ」

「肝に銘じておきます」

私の言葉に桂が苦笑する。

私はリモコンをとってテレビをつけた。

経済ニュースは今日上場されたＩＴ企業の話題で盛り上がっていた。


『……本日上場したブラウザ企業の株価は、初値に２００万円をつけてなお上昇の気配を見せています。

他にもＩＴ企業の上場が控えており、株式市場が落ち着いてきた現在、資金の多くがＩＴ企業に向かうと見られております。

また、米国ではＯＳ企業の最新版ＯＳが98年に発売される事が予定されており、ＩＴ業界はさらなる活況を呈すると思われ……』


これで借金が返済できる。

日米ＩＴ企業の多くにムーンライトファンドは出資しており、それらの企業の株式上場や株価高騰時の売却益で、原資を確保する為に重ねていた借金を一掃する。

日銀特融も返済していいだろう。

もともと見せ金としての側面があり、信用が補填できるのならば必要がなくなるものである。

「とりあえず、お茶にしましょうか。一条と桂も付き合ってくれるんでしょう？　直美さんも一緒に……ね♪」

そんな事を言って私はテレビを消した。

準備ができる間、庭に出て青く澄み渡る空を見上げた。


「乗り切れたじゃない」


ぽつりと呟く。

あの悲劇を、不幸を、乗り切れた。

少しだけこの世界は優しくなるといいなと、私は思った。

「お嬢様。お茶の準備ができましたよ。今日はお嬢様の大好きなさくらんぼのケーキを用意していますからね」

「はーい♪」

直美さんの声に私は部屋に駆けていった。


【用語解説】
・華族……いわゆる貴族。

・太平洋戦争『降伏』……現実では『無条件降伏』。
・日銀特融……日銀の最後の切り札。
・特別高等警察……悪名高き恐怖の代名詞の警察組織。特に共産主義者を相手に死闘を繰り広げる。
・ＣＯＣＯＭ……正式名称は対共産圏輸出統制委員会。東芝機械ココム違反事件が有名。
・バランスシート……貸借対照表。これと損益計算書が読めると世界が変わる。
・住専問題……土地に関する不良債権の中核。住専国会は揉めに揉めてここでためらって処理を遅らせた事が致命傷の一因となる。
・インターネットとブラウザ……今では欠かすことのできない某窓やＹのつく会社のサービスが有名。
・ジャパンプレミアム……不良債権に苦しむ日本の銀行にお金を貸す際につけられたプレミアムの事。『危ないから、利子高くするね』と言っている訳で、市場は実にシビアである。
・外貨為替取引……ＦＸ。95年時に1ドル80円を切っていたからこそできた超大裏技。
・ＭＯＦ担……『対大蔵省折衝担当者』の俗称。ＦＳＡ担（金融庁折衝担当者）として存続している。
・護送船団方式……最下位の銀行に合わせて行政を行う事で、第二次大戦時のドイツの潜水艦から輸送船を守った護送船団がその名前の由来。なお、国際マネーの容赦ない攻撃にまもなく崩壊する模様。
・弁護士資格を持つ俳優……捜したら居る。

・この時の北海道……日本人８：ロシア人１：中国人１ぐらい。

・某ブラウザ企業の上場……97年11月。この株が２０００年２月には一億六千七百九十万円にまで跳ね上がる。

「お嬢様。笑って」

パシャッ！

メイドの桂直美（かつらなおみ）さんがインスタントカメラで制服姿の私を撮る。

恥ずかしいのと嬉（うれ）しいのが入り混じってなんとも言えない表情に。

今日は幼稚園の入園式なのだ。

この幼稚園の入園に関しても桂華院（けいかいん）本家と鞘当（さやあて）があったらしい。

明らかに人目につく金髪で、猫をかぶっているが基本大人である。

いじめられたらという懸念もあって、小学校に入るまでは橘（たちばな）やメイド達（たち）による家庭教育でいいのではないかという建前で私の入園に否定的だったのだ。

本音はというと、私の父がらみのスキャンダルでいじめられかねないという訳で。

それを私は自らの決断で入園する事を決める。

「だって、わたしもおともだちほしいもん♪」

何しろ小学生から一応大学まで通う事になるのが帝都学習館学園である。

コネと派閥と好き嫌いが最終的に十数年、下手したらそれ以上ついて回る魔境だからこそ敵味方の区別、特に味方を作っておく必要があった。

そんな冷徹な計算より、舌っ足らずな私のおねだりにメイド達があっさりと私の味方につく。

で、年長組で受け入れてくれる所を探してそこに入る事に。

当たり前だが、田園調布の幼稚園なので、基本金持ちしか通っていない。

「いってきまーす♪」

「いってらっしゃい」

「いってらっしゃいませ」

「お気をつけて。お嬢様」

橘の運転する車に、三人のメイドさん達のお見送りの下で初めての幼稚園通学である。

前世記憶があるとはいえ、新鮮でウキウキしている私が居る。

入園はその年の入園式の時に行われた。

転入とかで入ってくる人が居るので、その枠に潜り込ませてもらった形である。

「けいかいんるなです！　よろしくおねがいします♪」

大きな声で笑顔で私は挨拶をする。

ある種の転校生扱いだから、みんなの質問攻めの集中砲火を受けるのは当然の事。

「けいかいんさんのおうちはどこ？」

「すきなたべものは？」

「えほんはなにがすき？」

「おにんぎょうさんもってる？」

「かみきれい！　さわっていい？」

教訓。

お子様は遠慮を知らない。


なんだかんだと幼稚園ライフを堪能していた春先のある日。

周囲の子たちと絵本の読み比べをしていたら、ツインテールの女の子が箱を持ってやってくる。

その後ろにはおかっぱ髪の女の子が似たような箱を持ってついてきている。

「みかんだ！　みかんあすかがやってきたぞ!!」

「わたしの事はオレンジとよびなさいって言っているでしょ！　じっかからオレンジがやってきたわよ！　みんなでいただきましょう♪」

「「「わーい！！！」」」

な、何事!?

呆然（ぼうぜん）とする私を尻目に、みんな二人の持っている箱からみかんをもらって仲良く食べている。

そんな私の前にみかんが。

差し出してくれたのは、ツインテールの女の子だ。

「はい。あげる。おいしいわよ」

「ありがとう。けど、これどうみてもみ……」

「オレンジ！！」

あっはい。

とりあえずオレンジと称するみかんを剝いてぱくり。

「おいしい」

「でしょ♪　うちのだからえんりょなくたべていいわよ。いっぱいあまってるんだから」

そうか。

日米貿易摩擦の要因の一つだった牛肉、オレンジの自由化はちょうどこのあたりか。

あれで、みかん農家はかなり潰れたと聞くが。

それにしても甘くて美味しい。

気がついたら、まるまる一つ食べきっていた。

すっと二個目が差し出される。今度はおかっぱの女の子の方だ。

「くれるの？」

こくこくと頷くおかっぱの女の子。

ありがたく受け取ると微笑んでくれた。

日本人形みたいで可愛い。

「わたしのなまえは桂華院瑠奈です。よろしくね♪」

「わたしのなまえは春日乃明日香よ。このこは、開法院蛍。よろしくね」

聞くと親の実家から大量に送られてきたみかんの処理に困ってバラマキを決意したはいいが、好評になったので止められずにイベントと化したという。

そんな話をみかんを食べながら聞いていると、当然の事ながらあの疑問にいきつく訳で。

「で、なんでこれオレンジなの？」

「かっこいいからにきまっているじゃない！　じだいはみかんじゃなくてオレンジなのよ!!」

そうですか。

これ絶対黒歴史確定だろうな。

ちなみに、彼女の家は国会議員をやっていて、実家というか選挙区がみかん処(どころ)である愛媛県にあるそうだ。

そりゃ余るぐらいみかんがやって来るわけだ。

「……」

そんな話をしている最中でもにこにこもぐもぐと私達を見ながらみかんを美味しそうに食べるほたるちゃん。

目や表情でなんとなく分かるのだが、この子なかなかしゃべらない。

それを察してあすかちゃんが、フォローを入れる。

「ほたるちゃんはなかなかしゃべらないけど、わたしのともだちなのよ。さいしょ、はしのほうできえちゃうかとおもったから、みかんをわたしてともだちになったの。いまはこんなになかよしなんだから！」

あすかちゃんはほたるちゃんにだきついてほっぺたをすりすり。

いやがっていないあたり、本当に仲が良いのだろう。

「わたしもそんななかよしになりたいな」

「もちろん！　わたしのオレンジをたべたひとは、わたしのともだちなんだから!!」

「……」

こくこくと頷いたほたるちゃんが私の手をとって三個目のみかんを置く。

いや。

美味しいのだけど、三個目はちょっと……


幼稚園生活をしているといくつかその場のルールみたいなものができあがる。

そんなルールの一つがこれだ。

「「せんせー。ほたるちゃんがみつかりませーん！」」

かくれんぼで蛍ちゃんが隠れたら勝てないというやつだ。

ルールじゃなく単なる事実じゃないかという突っ込みは受け付けない、これはその場ルールの一つである。

で、時間前にはいつの間にかいるのだから、ある意味タチが悪い。

そうすると何としても見つけてやろうと考えるのがお子様な訳で、ありとあらゆる手を用いて蛍ちゃんを見つけようとするけど、見つからない。

ここまで来るとかくれんぼのプロというか、人じゃないのじゃなかろうかと疑ってしまうレベルである。

「まさかー。ひとじゃなかったら、うちのオレンジたべられないわよ。おたぬきだいしさまのありがたいはたけでとれたオレンジなんだから！」

いやだから明日香ちゃん。

それはどう見てもみかんというのはもう止めておこう。

後悔するのは彼女だし。

それよりも、気になる謎ワードが出てきたのだが。

「おたぬきだいしさま？」

「そう！　とってもえらくて、ようかいなんてイチゲキなんだから!!」

聞くと、大師様というのは四国八十八ヶ所で有名な弘法大師空海様らしい。

これはなんとなく予測はついたが、もう一つの『おたぬき』とは何ぞというと、妖怪狸らしい。

四国はもともと狸の妖怪で有名で、愛媛県にもそれはそれは妖力の高い狸が居たらしい。

で、色々やって封じられたのだが、その封じられた場所が弘法大師と繋がったらしい。

そんな封じられた場所の近くのみかん畑で取れたみかんだからこそ『お狸大師様』の加護があるという訳らしい。

「ほたるちゃんこのオレンジだいすきなんだからね♪」

明日香ちゃんにこくこくと頷く蛍ちゃん。

そんな縁もあってか、明日香ちゃんのオレンジという名前のみかんくばりを手伝っているとか。

話がそれた。

「それ、みかんをえさにつかまえたらいいじゃない？」

「じつはすでにやったのよ。で、オレンジだけたべられたのよねー」

困り顔で頬に手をつける明日香ちゃんとこくこくと頷く蛍ちゃん。

とりあえず蛍ちゃんは自分の事という事を理解しているのだろうか？

しかし、そういう事を聞くと、見つけてみたいと思う子供心がざわつく。

生まれ変わってから思考が体に引きずられている事が多いけど気にしない、若い時を楽しまずして何の人生か！

「ふっふっふ。ならばわたしがほたるちゃんをみつけてみせるわ！」

その二十分後。

見つからずにガチ凹（へこ）みする私の前にきょとんとする蛍ちゃんが現れる未来を私は知らない。

「ふっふっふ。かがくとおかねのちからをつかってほたるちゃんをみつけてあげるわ！」

「るなちゃんそれおとなげないとおもうな……」

その翌日。

私が用意したのは家庭用ビデオカメラ。

まだ数万円はする結構お高いものなのだが、私はお嬢様である。

それぐらいのお金はぽんと出せるのだ。

橘が買ってきたそれをメイド三人が見つけて、私の撮影会が始まるという尊い犠牲の結果、ビデオカメラが幼稚園の庭に設置された。

「あすかちゃん。みかんいっこちょうだい」

「だからオレンジだって！」

「はいはい」

庭のど真ん中にビニールを敷いて、その上にみかんを置く。

これで隠れている蛍ちゃんがノコノコ出てきた時にビデオカメラにバッチリ映るという訳だ。

なお、他の園児の「これほたるちゃんずっとかくれていたらどうするの？」という意見は、私と明日香ちゃんの二人によって無視された。

かくして、万全の態勢で挑んだリベンジだったのだが……

「うそ！　なんでうつっていないのよ!?」

「みかんだけきえてる!?」

その後、きっちりビデオカメラに映っていたみかんが不意に消えるというガチホラー映像に、私達全員が恐怖したのは言うまでもない。

ただ一人、みかんを美味しそうに食べている蛍ちゃんをのぞいて。

「なにかないかな？　ほたるちゃんをみつけるしゅだんは……」

既に失敗すること数度。

その間にビデオカメラが三台に増えていた。

にもかかわらず蛍ちゃんが映らないのはある意味ホラーでしかないのだが、さすがに慣れた。

かなりガチで悩む私に、蛍ちゃんと付き合いの長い明日香ちゃんがぽんと手を叩く。

「ほたるちゃんおうたがすきだから、うたえばつられてうたうかも！」

山彦じゃあるまいしと思いながら、私は適当に歌う。

ちょうど、国営放送の教育テレビで流れていた歌である。

「～♪」

前世の頃、私は歌が好きだった。

歌うのが好きでそっちの方に行きたかったのだが、経済的余裕がそれを許してはくれなかった。

大人になるとついには歌う事すら忘れ、最後は……

その思考を途切れさせたのは、隣の明日香ちゃんの拍手だった。

「すごい！　すごい!!　るなちゃんおうたうまい！」

褒められると嬉しいもので、調子に乗った私は勢いついでに、もう二、三曲披露する。

いつの間にか、明日香ちゃんだけでなく近くの園児や先生まで聞きいっていた。

そうだ。

私は歌うのがこんなに好きだったのだ。

そんな事すら忘れていた。

ぱちぱちぱち。

歌い終わった目の前で、ほたるちゃんが手を叩いていた。

そして、笑顔で口を開いた。

「るなちゃんおうたじょうずね♪」

「「「ほたるちゃんがしゃべったぁぁぁぁぁぁ！！！」」」


幼稚園においてお昼寝の時間というのがある。

寝る子は育つというのか、面倒なので寝させてしまえというのか分からないが、まぁとにかくそんなお昼寝タイムがあるのだ。

もちろん、体は子供だが意識は大人な私はお昼寝なんて……すやすや……

……はっ！

毛布をかけられて気持ちよく寝ていた私にしがみついている何かが。

というか誰かなんだろうし、何かだったらそれこそ大変である。

という訳で、毛布をのけてみると知らない誰かが私にしがみついていた。

「だれこれ？」

先生に聞いてみると天音澪（あまねみお）ちゃんといい、私の一つ下の組の娘らしい。

トイレに行って帰ってこなくて捜した結果見つけたはいいが、私にしがみついて気持ちよさそうに寝ているので私が起きるまで待っていたらしい。

たしかにしっかりとしがみついている。

先生が手を合わせてウインクして『ごめんね』なんて仕草をしているので、私は諦めて彼女が起きるまで待つことにした。

「……んぁ？」

「おはようございます。あなたはだぁれ？」

「あまねみおです。おにんぎょうさん。おやすみなさい……」

二度寝は子供の特権である。

そして、先生も再度『ごめんね』の仕草をして私を見捨てた。

まったく、私はお人形さんではない……すやすや……

こんな事があってから、この天音澪ちゃんが時々お昼寝時間に私にしがみつく事になる。

そんな澪ちゃんは私の事を『おにんぎょうのおねえちゃん』と呼ぶ。

買ってもらった人形にそっくりなのだというが、それを許す私も甘いというかなんというか。

澪ちゃんの家は貿易商をやっていて、私と間違えたお人形さんは舶来品らしい。

人形がないと眠れない彼女はそのお人形を幼稚園に持ってきていたのだが、間違えた理由は言うまでもなく髪である。

金髪の子って私一人だもんなぁ。仕方ない。

で、そんな事をしていると、当然、興味が出る人間が出る訳で。

「るなちゃん！　いっしょにねましょうよ!!」

わくわくしている明日香ちゃんの隣でしっかり枕を持ってきて抱きつく気満々の蛍ちゃん。

気づけよ。

君たち二人が私に抱きついたら、澪ちゃんはどこにしがみつく事になると思う？

そんな事はお構いなしに私の隣に明日香ちゃんが。

蛍ちゃんは明日香ちゃんの隣に寝るあたり、私に抱きつくのではなく明日香ちゃんと離れたくなかったらしい。

「るなちゃんからおひさまのにおいがするー」

「あすかちゃんからはみかんのにおいー」

「オ・レ・ン・ジ！」

「……すやすや……」

まだその設定頑張っているのか。

蛍ちゃんはあっさりと夢の国に行っちゃうし。

はくじょうも……すやすや……

目が覚めた。

重たいなと思ったら、澪ちゃんと明日香ちゃんがしがみつき、蛍ちゃんが明日香ちゃんにしがみついたので私に三人分の体重がかかる羽目に。

さすがに泣きを入れて先生に助けてもらったのは言うまでもない。

「……めでたしめでたし」

「つぎはこのほんよんで。おにんぎょうのおねえちゃん」

「はいはい」

こんな事をしていると懐かれるのはある意味当然な訳で、一人っ子だった私も妹ができたみたいで可愛がっていた訳で。

明日香ちゃんや蛍ちゃんと仲良く遊ぶようになったのは言うまでもない。

そんな中、こんな事件が起こった。

「うわ――――ん！　おにんぎょうのおねえちゃん――――！！」

遊んでいたら泣きながら私にしがみつく澪ちゃん。

どうも人形がないと寝られない事を男子にからかわれたらしい。

もちろん私は激怒した。

「あったまきた！　そいつにもんくいってやるわ!!」

「まちなさいよ！　みおちゃんのためならわたしもついてゆくわよ！」

（こくこく）

持つべきものは友達である。

明日香ちゃんと蛍ちゃんを連れて澪ちゃんの組に突撃して、腰に手を当てて叫ぶ。

「わたしのみおちゃんをなかしたのはだれ？」

後にこの幼稚園の伝説となった『男子五人抜き松の廊下事件』のこれが発端である。

男子相手に大立ち回りを演じ、向こうの男兄弟と友達もやってきての大乱闘。

男子側がこちらに傷をつけないようにと手が出せないのを良い事に、こっちはかっくんかっくんと相手を揺さぶってのお説教攻撃。

先生が私達を引き離すまで、泣く男子三人、逃げた男子二人という大戦果を上げ、めでたく親御を呼ばれて橘と桂子(けいこ)さんのお説教をくらう羽目に。

なお、理由を聞いて橘と桂子さんの後ろでこっそりグッジョブとジェスチャーしてくれた亜紀(あき)さんはあとでケーキを持ってきてくれた。

その翌日。

澪ちゃんが私の前にやってきて、ぺこりとあたまを下げた。

「ありがとう。るなおねえちゃん♪」

不覚にも嬉しくて泣きかかったのを私はがんばって我慢したのは言うまでもない。

澪ちゃんは、卒園式の時に大泣きして私と離れたくないとわがままを言ったのだが、一年の我慢だからと最後は手を振ってくれた。

帰り道、橘がぽそっと呟(つぶや)く。

「天音様のお父様がなさっている貿易商、あまり景気は良くないみたいで」

言わんとする事が分かった。

帝都学習館学園は私学のエリート育成校だからお金がかかる。

このままでは、澪ちゃんと離れればなれになると言いたいのだろう。

「私の力で、澪ちゃんのお父様を助けられると思う？」

「お嬢様が天音様をどれぐらい思っているか、それ次第かと」

親の理由で別れたり転校したりする子は居る。

それが仲の良い子だったらなおさらショックだ。

私は、橘に向かってわざとぶーたれる。

「そこまで調べているって事は、私の気持ち次第で決めていいって事よね？」

あんな事があったのだから、当然橘が親まで含めてチェックしているのだろう。

そして、経済的問題以外はＯＫが出たと。

「ねぇ。橘。私、お人形さん欲しくなっちゃった」

「舶来物ですな。探すのが大変なので、代理人を挟んで業者を探しておきましょう」

生きていれば切れる縁があるし、金で繋ぎ直す縁もある。

けど、私はこの縁は切りたくないと思った。

振り返って見ると、遠くからまだ澪ちゃんが手を振っていた。

「だって、私はお姉ちゃんなんだから、妹分に良くするのは当然でしょう♪」

私も手を振ってあげたら、澪ちゃんは先生が中に戻るように言うまで私に手を振っていた。

この後、私のお部屋に舶来物お人形ルームが出来て、遊びに来た澪ちゃんが喜んだのは言うまでもない。

社交界においてパーティーとは戦場である。

とはいえ、私みたいな幼女を引っ張り出すなんて事は、基本的にしない。

その基本的にしない事を例外的にしなければならない所が、私という存在が桂華院家の中でも浮いている事を示している。

ここは新宿にある桂華ホテル。

元の名前は極東ホテルなのだが、不良債権を切り離した結果、ここ東京新宿をはじめ大阪・京都・名古屋・仙台・神戸・広島・福岡・函館・札幌に大型ホテルを、北海道のリゾートをはじめ、軽井沢、沖縄にリゾートを保有するホテルグループとなっている。

また、不良債権がなくなった事もあり大規模ではない新規リゾートとして、黒川温泉や由布院温泉の開発を進めていた。

そのホテルの最上階のパーティー会場。

桂華グループの創立五十周年パーティーの席である。

「冒頭の挨拶のみですが、参加していただけると助かります」

控え室で桂華院家主催のパーティーへの招待状を眺めていると、橘がうやうやしく参加条件について補足してくれる。

立っているだけでいいと橘は言ったけど、要するに桂華院本家も私の事を無視できなくなってきたという事なのだろう。

何しろ、橘達が頑張ったおかげで、私の資産は凄（すご）い事になっているのだから。

その資産の持ち主が私である事は、ちょっと探れば誰にでも分かる。

私を社交界にデビューさせる事で、本家がその辺りの事に干渉する契機にしたい、といった所だろうか。

「別にいいけど、最後まで居ろなんて言わないわよね？」

「ええ。冒頭の挨拶と、食事の席に適当に付き合ってくれたら帰っても構わないと、当主様より言質をいただいております」

要するにこれは私の顔見世（かおみせ）であり、父がやらかした失敗を桂華院本家が許す、というセレモニーという訳だ。

この手の赦免は早ければ早いほど良いからなぁ。

「失礼します。橘さん。橘さんにお客様が、二名ほど来られていますが？」

「はて？　その方々の名前は？」

そんな報告を持ってきた桂子さんに橘が問い返すと、桂子さんはそれぞれの来客の名刺を読み上げた。

「与党立憲政友党、大蔵大臣泉川辰ノ助（いずみかわたつのすけ）議員の秘書と、同じく与党立憲政友党、幹事長加東一弘（かとうかずひろ）議員の秘書ですが」

この手の秘書が橘の所にやってくるのは、表向きは橘が実権を握っていると見られているからで、コネを構築しておきたいという腹づもりがあるのだろう。

秘書がやってくるのはアポイントメントをとるためだけでなく、議員本人が出てくる前フリだ。

桂華銀行を中心とした不良債権処理の絡みから大蔵大臣が、そして私の父が地盤にしようとしていた酒田市を選挙区としている加東幹事長からお誘いが来るのは、ある意味当然とも言えるだろう。

なおこの二人、同じ派閥で泉川議員が派閥のボスで加東議員がナンバー2という間柄で、加東議員側が世代交代を理由に泉川議員に引退を迫っているなんて話があったりなかったり。

「抜け目がないと言うか、節操がないと言うか……」

「選挙にはお金がかかりますからね。来年の参議院選挙は、与党の党勢回復のための決戦でもあります。万全を期す為にも、味方につけておきたいのでしょう」

泉川大臣も加東幹事長も次の総理総裁候補として名前が挙がっているので、どちらにつくのかという話にもなってくる。

「お金があるのだから、両方に賭けておくというのは駄目かしら？」

「悪くはないですが、両方から味方でないと思われかねませんね」

日本の政治思想と派閥というのを、社会主義や自由主義という視点だけで見ると痛い目を見る。もっと分かりやすい、大陸派と海洋派という地政学的な色分けがあって、その上で社会主義だの自由主義だのという主張が出てくるわけだ。

日本海側は古くから大陸との付き合いがあった事で、大陸派の人間が多い。

一方で、戦後米国の同盟国として海洋派が主流を占めていた事もあって、日本国内のどの政党も、大体中身は大陸派と海洋派で割れている。

泉川議員はそういう意味では海洋派、加東議員は大陸派の色分けができるだろう。

そして、泉川議員より加東議員の勢いが強いのは、日本の政界を牛耳ってきた『軍団』と呼ばれた当時の立憲政友党最大派閥である橋爪派の支援を受けていたからに他ならない。

「まぁ、彼らだって本命は私がデビューしてからと分かっているでしょうに。嫌われない程度にお茶を濁しておいて頂戴な」

「かしこまりました」

そんなやり取りを橘とした開催時間の少し前の事。

私に割り当てられていた控え室のドアがノックされた。

「どちら様でしょうか?」

私について来ていた亜紀さんがドア越しに確認しようとすると、相手はこんな声をかけてきた。

「失礼いたします。先ほど挨拶させていただきました、立憲政友党の加東の秘書です。加東がぜひお嬢様にもご挨拶をしたいと申しておりまして」

そう言って秘書とともに入ってきた加東幹事長は、今、権勢の絶頂に居るだけあって生気がみなぎっていた。

何やら感慨深そうに私を見ると、視線を合わせて挨拶を口にする。

「はじめましてお嬢様。君のお父様には色々と尽くしてもらった事がある。お父様を助けられなかった事を、詫びさせて欲しい」

そう言って、まだ幼稚園児の私に頭を下げる。

それは彼なりの贖罪なのだろう。

私の父を助けられなかったという事に対して。

「いえ。どうか頭を上げてください。頭を下げるのは、本来私の方ですのに」

あのスキャンダルの元となった化学プラント建設事業は、当然県や市のバックアップがあり、国会議員の彼も裏に表に動いていたはずだ。

父のやらかした事は、そういった人達の顔に泥を塗ったに等しい。

「子は親を選べません。償いはきちんとするつもりですので、ご安心を」

ここで言う償いというのは、つまり金を出すという言質を与えたという事だ。

それを聞くと、加東幹事長は安堵したような顔で去っていった。

パーティーにもできるだけ顔をだすつもりらしい。

「今、何か山形県で派手な公共事業ってあったかしら？」

橘に聞くと、ちょうど山形新幹線の新庄延長工事が始まったばかりであり、その建設資金を出している銀行団の中に、桂華銀行が加わっているという。

この出資は、旧極東銀行時代から進められていた案件だそうだ。

紆余曲折の大合併を経て、極東銀行が桂華銀行に変わって不良債権処理が加速している今、この山形新幹線建設から手を引くのでは、と心配する声が県内から聞こえてきていたらしい。

だから、今をときめく幹事長が、わざわざ私に頭を下げに来てまで、そのあたりを確認したという訳だ。

「一条（いちじょう）に連絡して。山形新幹線建設工事へ融資を続けると、銀行から県に伝えるように言って頂戴。銀行が無理ならば、ムーンライトファンドから出すともね」

金が集まれば、それに群がる人たちがやってくる。

まだパーティーは始まってもいなかった。

衣装よし。

笑顔よし。

気合よし。

軽く頬を叩いて化粧室から出る。

なお、衣装は入学したての小学生の制服。

正装だからね。

「桂華院公爵家ご令嬢。桂華院瑠奈様のご入場です」

開けられたドアを入ると拍手とともになんとも言えない視線が私を捉える。

耳を澄ますと聞こえてくる声が。

(瑠奈様ね。直系に女子が居ないから桂華院の名前をもらったと聞いたが？)

(極東グループの経緯を知っていたら歓迎はできないだろうに)

(と、思うだろう？　その極東グループ系が彼女を推しているんだよ)

（何でだ？　血筋からすれば、彼女が極東系の正統継承者だけど、極東グループそのものが不良債権化していたから潰す腹だっただろう？）

（彼女の執事がやり手だったらしくてな。極東銀行と北海道開拓銀行の合併に成功したのがでかいらしい）

（ああ。逆転ホームランと呼ばれた逆さ合併の事か。おかげで、極東銀行に栄えある桂華の名前をつけた桂華銀行か。たしか三海証券と一山証券も同じ逆さ合併で桂華証券だっけ？　これと日銀特融で極東銀行は潰れずに済んだと）

（そのついでに抱え込んでいた不良債権を処理したのが大きいよな）

（極東土地開発は会社更生法適用で、極東ホテルは経営陣刷新の上で不良債権扱いの物件は全部整理回収機構に回したらしい。北海道開拓銀行が抱えているリゾートで使えそうなのは、極東ホテルじゃなかった桂華ホテルが管理運営する事になる。今回のパーティーは、新しくグループ中核に入ることになった桂華銀行・桂華ホテルのお披露目という訳だ。そりゃ、極東系は力を入れるし、瑠奈様を引き立てるだろう）

（それは本家筋や他の一族にとって面白い訳がないと）

丸聞こえなんですけど。

ピカピカの小学生に聞かせて良い会話ではないと思うのだが、理解していないと踏んでいるのだろうなぁ。

桂華院一族は、祖父である桂華院彦麻呂（ひこまろ）の放蕩（ほうとう）もあって、彼の血を引いて認知されているのが本家とうちの父を除くと七家ほどあり、そこの子供まで入れると二十人ほどになる。

そんな状況で財産分与とかしたら財閥解体やお家騒動になるので、多くの財閥と同じく財産管理会社を作り、そこから配当という形で金をもらっていた。

私が浮いている理由の一つが、その財産管理会社から金をもらっていないというのもある。

じゃあ、私の金はどこからかと言うと、言うまでもない。

極東銀行というかムーンライトファンドからである。

(あれが、桂華銀行を作り出したお嬢様か)

(ああ。桂華院瑠奈様だよ。仕切っているのは執事や旧極東銀行の執行役員らしいが、持ち主としてはあのお嬢様のものだ)

(いくら緊急回避とはいえ、地方銀行から下位都市銀行数行と大手証券と準大手証券、おまけに小規模生保と損保までついてる巨大金融コングロマリットを作り上げたのだから凄いというか何というか)

(大蔵省はあれらを利用して持株会社を試験的に解禁するつもりらしい)

(『桂華金融ホールディングス』ねぇ。その実態は大蔵省の植民地と)

(だからこそ、どこもこれを食べたがっている。俺達がここに居る理由の一つさ)

こんな会話が聞こえてくる席は、現当主の亡くなった奥方が岩崎財閥関係者だった事から、岩崎財閥の関係者が多く顔を見せており、そこからの声である。

不良債権処理と金融行政の大転換を謳う金融ビッグバンが迫る中、彼らが言った桂華金融ホールディングスはさぞおいしい獲物に見えるのだろう。

さしあたって私は格好の獲物という所だろうか。

そんな事を考えながら、パーティーの中央にいる主役に対して、レディちっくにおませな挨拶をする。

「お久しぶりでございます。清麻呂叔父様」

「入学おめでとう。瑠奈。すっかりお嬢様だね」

桂華院家当主。桂華院清麻呂公爵。

年は五十を過ぎたあたりで、一見、温厚そうな紳士に見える。

一流テーラーで仕立てられたスーツを着こなし、手に持っているグラスに入っているのはマッカラン。

だが、そんな温厚そうな紳士が、曲がりなりにも売上高一千億を超える桂華製薬をはじめとした桂華グループを率いてきたのだ。

裏がない訳がない。

「このあいだ、何でも桂華銀行の一条さんの所に現れて、色々と無理難題を言ったそうじゃないか」

「ごめんなさい。叔父様。わたくし、どうしてもグレープジュースが飲みたかったの。橘も一条さんも難しい話ばっかりなんですもの」

表向き動いているのは執事の橘という事になっている。

私はあくまで橘が動く為の動機という解釈なのだろう。

実態を知ったら、なんと思うのやら。

「ははは。それは退屈だっただろう。彼にはもっと大きな舞台で働いてもらいたいのだけどね」

笑顔を張り付かせながらも、私の服の下は冷や汗だらだらである。

まぁ、あれだけ功績を立てたら、そりゃもっと使える所に置きたいとは思うわな。

「叔父様。いやですわ。橘はわたくしの執事なんですからね！」

おもちゃを取られるのがいやな子供のふりをして橘を守る。

それで決定が覆るとも思えないが、それなりの配慮はしてくれるだろう。

「分かっているよ。瑠奈。なにも君の執事に辞めてもらうつもりはない。けど、彼を一条君も買っているらしい。桂華銀行のしかるべき場所に、彼の席を用意してあげようと思っている。もちろん、代わりに瑠奈の為に付き人を増やすつもりだよ」

これをどう考えるべきか？

所詮、私は本家から見れば政略結婚の駒でしかない。

そんな私の持つ分不相応な資産を目当てに群がってくる連中を排除する為、本家から人を送り込むという側面と、純粋に使える人間を財閥中枢に送り込むという側面があるのだろう。

何せ、財閥としては規模の小さい桂華グループには、人が居ない。

とはいえ、小学生の私からすれば、ここはこう答えるしかない。

「もぉ。橘をあまり働かせないでくださいね。それと、おいしいスイーツを要求します！」

「かしこまりました。お嬢様」

ぷりぷりと怒ったふりをしている私の前にスイーツのお皿を差し出したのは、桂華院仲麻呂（なかまろ）お兄様。

清麻呂叔父様の一人息子で、この春に大学を卒業し桂華製薬で働いている。

穏やかな笑みを浮かべた好青年で、知的な眼鏡がその笑みを引き立たせている。

私の金髪が引き立つぐらい瑞々（みずみず）しい黒髪で、今日は茶系のスーツ姿である。

ゲームでもお兄様と慕っていた人なのだが、私の破滅時には微妙に姿が消えている。

桂華グループの内情が分かっただけに、あのゲームにおける破滅は極東系派閥の粛清だったんじゃなかろうかと思う今日このごろ。

「おいしい♪　このスイーツ最高ですわ」

「ワッフルというそうだよ。瑠奈。挨拶も済んだし、こっちで食べようか」

「はい。お兄様」

知ってる。

というか、このスイーツをベルギーから持ち込んだのは私だ。

この桂華ホテルの目玉スイーツになる予定なのだが、ここはお子様らしく満面の笑みでワッフルに釣られておこう。

という訳で、仲麻呂お兄様に連れられて横に移ると、次の客人の入場となる。

「帝亜（ていあ）財閥総帥帝亜秀一（しゅういち）様、そのご子息帝亜栄一（えいいち）様ご入場です」

なるほど。

ここで私は彼と出会うのか。


帝亜グループは戦後にできた新興財閥であり、紡績業から自動車に手を出して成長した。今やテイア自動車は世界トップクラスの自動車メーカーとして君臨している。

財閥の位置付けとしては、戦前から続く大財閥二木グループの外様（とざま）にあたるのだが、今やグループ内でもトップクラスの収益を誇っていた。

昨今ではバブル崩壊のダメージから、グループ内で再編の噂（うわさ）が常に聞こえているという。

たしか、帝亜秀一の祖父だったか曽祖父だったかが、二木家から嫁をもらっているはずである。

同じく二木グループの外様である芝浦電気や石播（いしはり）造船、扶桑フィルム等と組んでグループ内の主導権を握ろうとしているとか。

これに御三家と呼ばれる、二木本社・二木銀行・二木物産が対抗している、なんて噂もあるのでどこも内実は似たようなものなのだろう。

「お招きに与（あずか）り感謝しております。公爵」

「爵位などあってないようなものですが、こういう場にてそう呼ばれるのも悪くはないですな、総帥」

なまじ華族制度が残ってしまった為に、戦後数度にわたる制度改変を経て叙爵による一代華族や、婚姻による青い血の受け入れ等で華族はうまく生き残ってきた。

桂華院家はそういう意味では、実業を抱えている事で華族の中でも力がある家と言えるだろう。箔付けにせよ、実利にせよその血を欲しがる輩は結構居たのである。

そんな事を考えていたら、帝亜秀一が私の方を見る。

まぁ、日本人ばかりの中でこの金髪は珍しかろう。

「はじめまして。桂華院瑠奈と申しますわ。おじさま」

「おや、よくできたお嬢様だ。その制服は栄一と同じ学校かな」

もちろんゲーム設定的に知っていたが、栄一くんも私と同じ小学校の制服である。

なお、私達が通う帝都学習館学園は、東京の一等地にある名門校で、幼稚園から大学までの一貫教育が売りであると同時に、小中高大のそれぞれに入試による外からの優秀者を入学させていた。

「栄一。私は少し公爵と話があるので、瑠奈さんと向こうで楽しんできなさい」

「あら？　わたくしでよろしいのですか？　わたくし、色々言われている少女ですのに」

瞬間、時が凍る。

桂華院家のスキャンダルに近い話だが、相手がこのクラスだと漏れていない方がおかしい。

それでも、それを本人から堂々と暴露するのは大人達にとって予想外だったに違いない。

「瑠奈。その話はどこから？」

目が笑っていない清麻呂叔父様ににこやかに子供の笑みを返す。

なお、清麻呂叔父様の笑みには、子供の私にこんな事を漏らすとは、と激情を押し隠しているのが透けて見えた。

「さぁ、忘れましたわ」

と言いながら、一族分家及びその取り巻きの皆様がおられる場所をちらり。

それで叔父様とお兄様は察してくれたらしい。

「分かった。この話はまた後で。とりあえず、栄一くんと一緒に向こうに行っていなさい」

「はーい」

状況がよく飲み込めていない栄一くんの手を取ってさっさと端の方に。

私が手を離すと、やっと彼が声をあげる。

「お前……変なやつだな」

「褒め言葉と受け取りますわ。さてと、難しい話は大人に任せて、ちょっと冒険と洒落込みませんか？」

ゲームにおける帝亜栄一は、帝王教育を受けた結果、立派な万能系俺様キャラになっていた。

さすがにこの頃はまだ俺様キャラではないらしい。

「え？　ちょっと……おいっ！　どこに行くんだ!?」

私がパーティー会場から出た後を彼はついてくる。

もちろん、護衛がついているので、その護衛を呼んで耳元でゴニョゴニョ。

護衛が苦笑しながら口を開く。

「給仕の者を呼べば持ってこさせますのに」

「だめなの。体に悪いからって飲ませてくれないのよ！　失礼だと思わない？」

「おいおい。一体何をしようとしているんだ？」

子供らしい無茶振りに頭を抱える護衛に、何をする気なのかとだんだん心配になってきた栄一くん。

彼らにとっての救いの手はほどなくやってきた。

「どうした？」

「はっ。瑠奈お嬢様が……」

怪訝(けげん)そうな顔の仲麻呂お兄様に、私はポケットから宝物のように５００円硬貨を見せつける。

そして腰に手を当ててどや顔で言ってのけた。

「お兄様。私、一階の売店の自販機でジュースを買いたいの！」

改めて首をひねる男三人。

三人を代表して仲麻呂お兄様が尋ねた。

「瑠奈。頼めば護衛がジュースを買ってくれるし、そもそもジュースは給仕に言えば持ってきてくれるよ」

「もぉ、お兄様まで分かっていないんだから！」

私は大人ぶったしぐさで実に子供らしい理由を言う。

なお、これはゲームの栄一くんのエピソードの一つで、主人公と買い物した時に支払い方が分からず苦労した話があるからだ。

基本放置予定の栄一くんだがここではせめてもの情けとして、一般人の常識を教えてあげようと思ったのだ。

ただ私が飲みたいだけとも言う。

「私が、自販機で、買う事に意味があるんですのよ！　瑠奈はもう小学生なんですから!!」

魂が体に魅(ひ)かれるのか時々本当に子供になる自分がいる。

純粋に子供である事が幸せだったという事を知っているからこそ、その時間が愛(いと)おしい。

仲麻呂お兄様はため息をついて私の手を握った。

「仕方ないな。一緒に行こう。君もついてきてくれ、栄一くん。すまないが、瑠奈のわがままを聞いてあげてくれないか？」

「はい」

声はともかく顔がいやいやなのが丸分かりだぞ、栄一くん。

仲麻呂お兄様は私の手を取りエレベーターに。

その後栄一くんとその護衛が乗り込んでドアが閉じる。

「栄一くん」

「はい」

仲麻呂お兄様は栄一くんに話しかける。

私は外に映る新宿の夜景を堪能しているふりをして聞き耳をピクピク。

「瑠奈はこんな感じでね。家の中でも学校でも、少し浮いているんだ。君が友達になってくれるのならば、僕としてはすごく助かるんだけどね」

「……考えておきます」

おい。

そこは『はい』と答えろよ。

せめて表向きは。

もちろんそんな事は言わずに一階の売店エリアに到着。

自販機コーナーに並べられた私のお目当てのジュースは、一番上の棚に鎮座していた。

この時の私の身長は大体120センチ。

「とーどーかーなーい――――！！　きゃっ！」

涙目でぴょんぴょん跳ねる私を見かねたのか、仲麻呂お兄様が抱きかかえてくれた。

「ほら。どれだい？」

「これっ！　グレープジュース！」

果汁100％ではなく果汁30％だからこそ甘くて美味しい。

前世において庶民だった私は、その味が大好きだった。

仲麻呂お兄様に抱きかかえられて、私はお目当てのグレープジュースのボタンを押す。

「やった！」

「よくやったね。じゃあ、次はお釣りを出そうか」

「あ！　お兄様ちょっと待って!!」

私はそのままボタンを三回押す。

コーヒー二つにコーラ。

お兄様に体を下ろしてもらうと、私はコーヒーを仲麻呂お兄様と護衛の人に。

コーラを栄一くんに手渡す。

付き合ってくれたお礼だ。栄一くんにコーラなのは、多分彼の家はコーラを飲まないだろうな、という私の憶測からである。

「お礼。みんなで飲みましょう。乾杯！」

「「「乾杯」」」

「うわっ！　これ泡が出てくるぞ！」

「そのまま口をつけて飲むの！」

勢いよく泡を吹き出すコーラに驚き、そのまま口をつけて炭酸に感動する栄一くんを見て私は満足して笑った。

この味が気に入ったのか、コーラを飲む栄一くんの姿がちょくちょくと目撃されるようになる。


ざわ……ざわ……

（何でここに小学生が居るのよ。二人も）

（ランドセル背負って、たしかに受験資格なしだけどさぁ……）

（これで落ちたら私達小学生以下？　絶対にいや！）

「では時間になりましたので始めてください」

日曜日の受験会場。

スーツ姿の男女に交じって試験を受ける小学生男女二人の姿はそれはとても目立ったという。

万一の破滅を考えた時に備えて手に資格をと考える。

この当時、三級資格として就職時に持っていても役に立たないと叩かれた資格が三つほどある。

簿記３級

秘書３級

英検３級

の三つだ。

理由は簡単。

受験資格がなく筆記試験で取れる事もあって、当時の就活生が一斉に取って差異がつかなくなってしまったからである。

第二の生でピカピカ小学生ライフを満喫していたのだが、勉強はまだ寝ててもできるレベルである。

という事で、暇を見つけて取りに行ったのである。

まさか同じ発想を持つ小学生男子が居ようとは思っていなかったが。

しかもあの制服、私と同じ帝都学習館学園の制服である。

「ねぇ。ちょっといいかな？」

試験終了後、ランドセルに筆記用具をしまっている時にその男の子から声がかかった。

ランドセルを背負っているが秀才系優男といった所か。

じーっと見る。

どこかで見たような顔だな。

「あら？　何か御用？」

「僕の他にこういう事をやっている同年代が居たら声をかけるだろう。普通は？」

「たしかにそうね」

こんな会話だけど、二人共小学生である。

ランドセルを背負っているのである。

ついでに言うと、受験会場の外の廊下に執事の橘と相手側の執事らしい人が待っているのである。

世界が違うとばかりにスーツ姿の就活生達は私達を奇異の目で見ながらも足早に立ち去ってゆく。

「せっかくだから、少し話でもどうかな？」

「それはいいけど、互いの名前も知らないのは困るわね」

まるで恋愛ドラマのように私は彼に手を差し出して名乗る。

彼は私の手を取ってリードするように歩き出す。

なお二人共小学生でランドセルを背負っている。

シュールな事この上ないが、それを許してしまう生まれと気品は二人共持っていた。

「桂華院瑠奈よ」

「君があの桂華院のお嬢様か。僕の名前は泉川裕次郎だ」

あ。こいつ攻略対象キャラだ。

関東を地盤に国会議員を輩出している泉川家は代々与党議員の大物として影響力を強め、特に彼の父である泉川辰ノ助議員は大蔵大臣を務める大物であり、先の私のパーティーにも参加して挨拶をしていたりする。

彼が属する与党大蔵族議員は、不良債権処理で大蔵省ともども激しく叩かれている最中だが、省内をまとめて日本式護送船団方式をついに崩さなかったと永田町や霞が関では大きな評価を受けていた。

その実態は、やばい銀行を財閥にというかうちの銀行に押し付けただけなのだが。

まぁ、ここではとやかく言うまい。

この功績もあって、次期総理レースに名乗り出たとか噂され、派閥間での台風の目になっているとか。

「せっかくだからジュースでもいかが？」

「いいね。奢るよ。百二十円だけどね」

「あら？　小学生にとっての百二十円って大金なのよ。駄菓子屋で十円のチョコレートが十二個買えるんですからね」

「え？」

なお、五円のチョコだと倍の二十四個である。

子供の算数というのは、与えられた百円で満足するお菓子を駄菓子屋で買う為に使われる時代がたしかにあったのだ。

今ではその駄菓子屋そのものが絶滅危惧種になっているのだが。

「じゃあ桂華院さん。何がいい？」

「グレープジュース！」

「僕はいつものやつを」

裕次郎くんが彼の執事に言うと執事が自販機からグレープジュースとミルクティーを持ってやってくる。

そして蓋を開けて乾杯。

試験終わりのジュースの甘さは格別なものがある。

それは裕次郎くんも同じだったらしい。

「この自販機は気になっていてね。僕の友達が最近買いだして、自慢してくるんだよ。じゃあと、色々試した結果これが一番口にあった。試験が終わると頭を使うせいか甘いものが欲しくなるんだよね」

「わかるわ……ん？　もしかしてそいつコーラにはまってない？」

「何だ。栄一くんの事知っているのか」

「知っているも何も、彼にコーラを教えたのは私です♪」

自販機近くのベンチに小学生二人ランドセルを置いてジュースを飲みながらおしゃべり。

おかしくはない。

その場所が資格試験の会場で、常にスーツ姿の男女が行き来して、その小学生を守るように執事二人が控えているのを見ないのならば。

「で、桂華院さんは何を取るつもりなの？」

資格試験らしい話題に話が進み、私も予定しているものを口に出す。

何度も言うが私達は小学生である。

「簿記３級に秘書３級に英検３級。それにパソコンのオフィスユーザースペシャリストと危険物乙４かな」

「危険物乙４？」

正式には危険物取扱者乙種第４類。

火災の危険性の高い物質を『危険物』として消防法で規定している。

その危険物でガソリン、軽油、灯油等が扱える資格である。

ガソリンスタンド等で需要があり、マークシート式ではあるが合格するのは結構難しい。

「あれ、受験資格ないのよ。ちなみに地元の消防署で講習会とかやっているから、それ受けておくと色々便利よ」

「へー。じゃあ僕も狙ってみようかな？」

「そっちは？」

「同じく簿記３級に秘書３級に英検３級とパソコンのオフィスユーザースペシャリスト。あとは宅建かな？」

「宅建!? あれ未成年はだめじゃなかったっけ？」

宅地建物取引士。

この時は宅地建物取引主任者と呼ばれていた資格だ。

土地取引に関わる資格で、不動産屋をはじめとして需要が多くある分、難しい資格である。

「なるのはね。試験は受けられるんだよ。僕は四人兄弟の末っ子だけど、父が議員だからどうしても法律には関わらないといけないしね。宅建はそのとっかかり。取れたら取れたで成年になった時に講習を受けなおすさ。もちろん、行政書士も取るつもり」

「じゃあ、税理士か司法書士も取って、ゆくゆくは弁護士？」

空になったジュース缶を執事が缶捨てに捨てるのを眺めながら私が尋ねると、裕次郎くんは小学生らしからぬ笑みを浮かべて天井を眺めてぼやく。

「それが最善だけど、選挙に引っ張り出されるだろうなぁ。県議にせよ市議にせよ、選挙区に議員として身内が居ると選挙の足腰が違うんだ。世襲議員の辛(つら)い所さ」

「あら？ それを言ったら華族はもっと辛いわよ。ついでに私の所は今、叩かれている財閥持ちだから辛さは二倍よ」

「お互いままならないねぇ」

「本当よね」

何度も何度も言うが、二人共小学生になったばかりである。

なお、順調に二人とも資格試験は合格し小学校の図書館で時々勉強会を開いているのだが、いつの間にか栄一くんもやってくるようになったのには笑った。

で、二人が互いの資格について話しているのを見て欲しくなったらしい彼は、凄いハイスピードで資格を掻っ攫っていった。

これだからチートイケメンは……


帝亜栄一・泉川裕次郎・後藤光也に私桂華院瑠奈の四人を誰が呼んだか知らないが、『帝都学習館カルテット』と呼んでいるらしい。

で、その最後の人である後藤光也くんとの出会いはこんな感じだった。

都内の閑静な住宅街のある場所にその喫茶店はある。

隠れ家のような喫茶店の名前は『アヴァンティ』。

何もグレープジュースだけを飲む私ではなく、それ相応のスイーツを堪能する小学生女子なのである。

で、この年代は色気より食い気であり、図書館で勉強をしている栄一くんと裕次郎くんがその話に乗ってきたのはある意味当然と言えよう。

「ここよ。ここのスイーツがお気に入りなのよ♪」

「つーか、お前映画館でもポップコーン食べていただろうに」

「栄一くん。女の子のお腹は、甘いものは別腹なのよ♪」

「で、体重計に乗って悲鳴を上げると」

「裕次郎くん。それ言ったら戦争」

「はいはい。この話はやめやめ！」

それぞれ保護者である執事を連れての入店なのだが、実は映画を見に行っていたのである。

大画面で見る映画は迫力が違うと力説する私に、『え？　貸し切らないの？』とのたまった男子二人に普通に映画を見るという事を教えてあげたのである。

見てきた映画は後の国民的アニメで、当時の日本の興行記録を塗り替えたあのアニメである。

何度もテレビで見たけど、大画面でみんなと見るのが良いのだ。映画は。

「見て思ったけど、私なんてあの首を取ってこいって言った方の末裔だから、あっちの気持ち分かっちゃうのよねー。注文はティラミスとクリームソーダね」

「お前がグレープジュース以外の物を頼むのを初めて見た……あの終わり方はいいのか？　環境は大事なのは分かるけど、あれだとたたら場を失った村人達が生活できないだろうに。俺は、ザッハトルテにコーラ」

「栄一くんはぶれないなぁ。僕の所はあの侍達の末裔だからね。主人公達や村人達の生き方は侍としては見逃せないよ。考えてみると、ここに居る三人みんな主人公達の敵じゃないか。僕は、ロイヤルミルクティーにパンナコッタ」

年相応の服を着て日当たりの良いテーブルで、わいわいと映画の感想を言う。

そしてやって来たスイーツに舌鼓をうつ。

あれ？

これもしかして、伝説のリア充ライフというやつではないだろうか？

「ごほん！」

「あ。ごめんなさい。少しうるさかったかしら？」

隣の席からの実にわざとらしい咳（せき）に私は即座に謝罪の言葉を告げる。

その時振り向いた彼こそが、後藤光也くんである。

メガネをかけていた彼は一人で本を読んでいた。

テーブルの上で湯気を立てていたのはカフェラテ。

「ん？　後ろのやつ学習館のやつじゃないか？」

「あ。確か名前は後藤光也だったと思う」

「何で名前覚えているのよ」

彼の名前を言った裕次郎くんに私がツッコミ、栄一くんがあっさりと私のツッコミを受け返す。

考えてみれば当たり前の事だった。

「成績の順位表。お前の上にいつも居るだろうが」

「ああ」

納得。

後ろの光也くんを含めた男子三人は常に満点だが、私はイージーミスなどで一・二問間違えるので大体四位になるのだ。

そうなると必然的にライバル心が出るのもこの時期の男子心というやつで。

「僕は何度か父の宴席で会った事があるよ。彼の父は主計官をやっているからね」

大蔵省主計局主計官。

キングオブ官僚である大蔵省の本流主計局の課長級にあたるのだが、同時に次期次官候補と既に確定してるとも言う。

上流階級とは基本インナー・サークルだからこそ、どこかで誰かが繋がっているのだ。

ならば、ここで繋がるのも悪くないだろう。

どうせ未来では繋がる事になるのだから。

「ねぇ。よかったらこっちに来てお話ししない？」

こういう時は女の子である私から切り出す。

とはいえ、読書系唯我独尊キャラである光也くんはちらりとこっちを見たのみ。

ここから切り崩すのが、ゲーム的には面白いのだ。

その手札は既に私の手の中にあった。

「その本、私も読んでいるのよ。せっかくだから感想を言い合わない？」

光也くんの目に興味の光が灯る。

一方で置いてきぼりをくらった二人が情報を得ようと彼が持つ本のタイトルを見る。

私は笑顔を作って、感想を告げた。

「ちょっと不思議な能力を持つ人達のお話で、それを使って凄い事をする訳でもないけど、何だか読んでてほっとするのよね。ネタバレになったらごめんなさいだけど、私は中盤のタイムスリップと巻末の耳の良い音楽家の話が好きだったな」

「……安心しろ。今、読んでいるのは二回目だ。ちゃんと読んでいるんだな。俺も音楽家の話は気に入ってたりする」

意外そうな目をする光也くんに私は笑顔を作る。

忘れそうになるが、私達は小学生である。

「おい。あの本注文しておいてくれ」

「僕もお願い」

さらっとついてきた執事に光也くんが読んでいる本を注文する二人。

せっかくだから、私のおすすめの本を布教しておこう。

「それならば、私のおすすめの本を紹介するわ。つい最近出たのだけど、多分光也くんは気にいると思うわ」

「なぁ。瑠奈。あの終わり方なのか？　すげえ納得がいかないんだが」

「僕は好きだったな。お婆さんが切符を使う所とか」

「一番最初の話のインパクトが強すぎ。けど、桂華院がはまったのはここだろう？」

後日、学校の図書館で感想を言い合う四人の姿があった。

こんな感じでつるみながら未来では三人から断罪されるのだからゲームってのは分からない。


「ちょっと、亜紀さん。止めてよ。恥ずかしいじゃない！」

「買ったのに使わないなんて、もったいないじゃないですか。ほら、お嬢様。笑ってください」

「いや、それはちょっと幼稚園で使って……」

「大丈夫です。幼稚園の記録もできる限り撮らせていただきました」

「ちょっと何撮っているの!?　桂子さんなんとかして止めて……」

「お嬢様。私、ビデオカメラを三台も買った理由に納得していないのですが？」

「……私が悪うございました」

「お嬢様！　せっかくの晴れ舞台！　帝都学習館の参観日なのですから、笑ってくださいませ！」

「直美さん、この状況で私、笑うって無理があると思うんだって。こっちは写真撮っているしー!!

ええい、そこで笑っている人達も入りなさい！　お嬢様命令よ!!」

「はいはい。この度、お嬢様の通学を任されました運転手の曽根光兼と申します」

「同じく、運転手の茜沢三郎です。私達が交代でお嬢様の通学の運転をさせていただきます」

「ふっふっふ。これにあわせて、車も新調しました！」

「亜紀さん。普通の車で良かったんじゃないの？　私は別に気にしていないけど」

「お嬢様。見栄もありますが、こういう高級車に乗っていると、馬鹿が突っかかってこなくなります。それだけでもお嬢様の安全を図れるんですよ」

「茜沢の言うとおりです。あと、執事の橘さんが忙しくなって、移動がどうしても多くなるので、橘さんが移動中にゆっくりできる空間をというのもあるのですよ」

「あー。そういえば曽根さんのその言葉で、このベンツ買ったんだったわね。思い出したわ」

「お嬢様。私の体の事を考えていただきありがとうございます。そろそろお時間かと」

「えっ!?　もうこんな時間だし。直美さん、茜沢さん、行ってきまーす♪」

「行ってらっしゃいませ」

「留守はお任せを」

「お嬢様!?　私ですか？」

「そうよ！　校門前で私だけ撮られるなんて納得いかないから、画面に入りなさいよ！　そんな格好しているんだからさぁ」

「お嬢様。これはお嬢様の保護者役としての格好で……」

「いいじゃないですか。折角ですから。そのスーツ姿は残しておきましょうよ」

「亜紀さん。貴方までそういう事を言うんですか？　もぉ……」

「凄いよね。これでたしか年……はい。私は何も言っていません！　ええ!!」

「よろしい」

「とか言いながら、久しぶりにブランド物を着られるとウキウキしていた……はい。私も何も言っていませんとも！　ええ!!」

「お嬢様に、亜紀さん。『雉も鳴かずば撃たれまい』って言葉は覚えておいたほうがいいですわよ♪」

「はいはい。折角ですから橘さんも入ってくださいな」

「入るのは少し恥ずかしいですな」

「お嬢様の思い出になるのですから、さぁさぁ」

「そうよ！　橘も入りなさいよ!!」

「仕方ないですな」

「しっかし、桂子さん時を止めているんじゃないでしょうね？　私、いくら思い出してみても、桂子さん変わっていない気がするんだけど？」

「奇遇ですね。お嬢様。私もです」

「たしかに、いつまでもお美しいですな」

「橘さんまで何を言っているんですか。もぉ……」

「さらりとブランド物のスーツを着こなしているけど、こんな女性になりたいわよね」

「あー！　るなちゃんおはよ――――!!」

「あすかちゃんおはよー！　はい。注目！　幼稚園のお友達の春日乃明日香ちゃんです！」

「え？　何？　テレビ？　あ、はい。春日乃明日香です。よろしくおねがいします」

「ほたるちゃんは一緒じゃないの？」

「たしか一緒に……」

（ひょこっ！）

「「!?」」

「お、お嬢様!?　今、急に女の子が!?」

「気にしないで。この子が私と明日香ちゃんのお友達の開法院蛍ちゃん」

（こくこく）

「……大人しい方なんですね？」

「この子をとらえる為にビデオカメラが必要だったのよ」

「それが理由だったんですか……」

「何やってんだ？　お前ら？」

「栄一くん。おはよう！　見ての通り、撮影されているのよ！　貴方も入りなさいよ！」

「何で人のホームビデオに入らないといけないんだよ！」

「るなちゃん、この人だれ？」

（にこにこしながらやりとりを見つめている）

「えっと、これを見ている大人の私へ。

没落していませんか？

ロクでもない仕事を押し付けられる会社に入って体を壊したりしていませんか？

私の未来は真っ暗になっていませんか？」

「お嬢様。真顔で悲観的な事を言わないでください」

「そうならないように、未来の私に警告しているのよ。

今の私は幸せです。

未来の私は幸せですか？

たとえ不幸だとしても、こんなに幸せな過去があった事を思い出してください。

こういう風に笑っていた事を思い出してください。

未来の私へ。

この笑顔を忘れている私に、この笑顔を送ります」

「……へんなやつだな。お前……」

「わっ！　バッテリーが!?　充電器はど……（画面が消えて、真っ黒になる）」

【用語解説】

・牛肉オレンジ自由化……91年から自由化が始まる。農水族議員の春日乃家はこの自由化に強硬に反対していたが、そんな姿を娘はしっかりと見ていた。なお、春日乃家は愛媛の旧家で大規模なみかん畑を持っている。

・お狸様……隠神刑部（いぬがみぎょうぶ）。封じられたのは宇佐八幡宮（はちまんぐう）の力なのだが、この話では弘法大師様の力に変わっている。

・『みんなのうた』……瑠奈的ベストソングは『まっくら森の歌』、『月のワルツ』、『メトロポリタン美術館』。

・お人形……ビスクドール系のアンティーク。もちろんお高い。

・大陸派と海洋派……マハンの地政学から。ランドパワーとシーパワーと言われる方が一般的。

・山形新幹線新庄延長工事……この方式だからこそ新庄まで延ばせたが、結局この方式で延長しようとした所はここしか存在しない。

・逆さ合併……これをする事で合併差損の回避や繰越欠損金の控除ができるといった利点がある。

・軽井沢……長野五輪は98年。

・黒川温泉……ブームに火がついたのは98年。

・ワッフル……ブームになったのは97年。

・マッカラン……高い。

・岩崎財閥……日本最大財閥の一つ。重工・商事・銀行という御三家の下に岩崎の名前のついたたくさんの企業群を持つ。
・帝亜グループ……自動車メーカー。
・二木財閥……江戸時代の呉服店から続く財閥。
・一代華族……英国の一代貴族のようなもの。
・ジュースの値段……この頃はまだ百二十円。
・永田町・霞が関……永田町が政界の、霞が関が官僚の隠語。
・見に行ってきた映画……『もののけ姫』スタジオジブリ。
・光也くんが読んでいる本……『光の帝国—常野物語』恩田陸　集英社。
・瑠奈のおすすめの本……『天夢航海』谷山由紀　朝日ソノラマ。

急にお金持ちになるとやってくる者は何か？

「どうか寄付を！」

「儲け話があるんです!!」

「親戚として援助を！」

欲に目がくらんだ有象無象である。

知ってた。

「私が対処していますが、それだけでは足りなくなるので運転手を雇ったという側面もあります」

これらの有象無象対策は橘に一任していたのだが、彼が居ない時は乳母である桂子さんがその役を務める事になる。

夜の銀座に君臨していた彼女の交渉力は疑うべくもないのだが、女だからと舐められかねないのもまた事実。

運転手の雇用はそんな男手による支援も視野に入れているらしい。

「あと、探偵を雇ってこの屋敷の者だけでなく、一条氏の周辺も洗わせています」

「なんで？」

首をかしげた私に、橘は淡々とその理由を告げた。

「有象無象が取りつくのに周囲の人間を狙うからですよ」

この世界の淀屋橋銀行が五千億円という巨額損失を計上した史上空前の経済事件では、絶大な権力を持っていた頭取の娘が勤めていた絵画店が舞台の一つに選ばれ、娘可愛さに歯止めが利かなくなったという。

彼らバブルの紳士達というか裏社会の強者達はそのあたりの弱点を見逃さない。

「そんなのに私、狙われているって事？」

「むしろ狙わない方がおかしいですね。お嬢様が大金を得た事と、その管理について対策を取る必要がありますす」

ここで橘はなんとも言えない笑みを浮かべた。

私ではなく、その浮かべた先は次の言葉に浮かんでいた。

「今までは、お嬢様に手を出すのは難しかったのですよ。内調を始めとした方々がお嬢様を見張っていましたので」

その一言で、察する。

多分、私も橘と同じような顔になっているのだろう。

我が父のやらかしによって張り付けられていた私の監視は、護衛としても機能していたのだから。

だが、橘が対策を取らないといけないと言う事は、その監視が外れた、もしくは緩んだ事を意味している。

考えられるとしたら、二つしかないだろう。

「おじさまか、泉川大臣か、加東幹事長ね？」

「はい。おそらくは加東幹事長の詫びではないかと」

余計な事をと思ったりもするが、今まで監視がついていた事すら知らなかったのだから、文句を言える訳もなく。

そんな私の内心を知ってか知らずか、橘は淡々とやばい話を続ける。

「桂華銀行が合併した長信銀行と債権銀行は、政治家絡みの融資が多かったパンドラの箱でもありました。それが不良債権として公表される前に処理された事で、助かった政治家の方々もいらっしゃるでしょう」

もともと、長信銀行と債権銀行は国策の特殊銀行であり、それが普通銀行化した経緯がある。

そのため、政治家の貯金箱とまで言われて、政治家絡みの融資が大量にあったという噂は、まことしやかに流れていた。

前世の記憶では、このうちの一つを買った外資があれだけ傍若無人に振る舞えたのは、この政治家絡みの融資の件で与党政治家を黙らせたからだという噂がでたぐらい。

嘘か本当かは分からないが、この世界ではその話が本当であるらしい。

「一条を交えてそのあたりを話さないといけないわね」

「でしたら、週一で食事会をなさるというのはどうでしょう？　時間を作り、互いに同じ場所で同じ食事をする。そういう事で、生まれる連帯は決して無視できるものではありません」

私は橘の言葉に頷く。

何しろまだ小学生な私は、橘と一条が裏切ったらおしまいなのだ。

その為(ため)にも、二人の忠誠を常に確保する必要があった。

「いいわね。それで食事会だけど、いつするの？」

この食事会は日にちを変え時間を変えても、必ず週に一回行われるように習慣化され、私と私の企業群の幹部達が顔を合わせる最高意思決定会議となる。

その第一回の日時を橘はこともなげに言った。

「お嬢様の学校もありますから、土曜日の夜で」


第一回食事会。

いただきますと言って食べ始めた一条と橘の三人で行われた食事のメニューは、桂子さんお手製のハンバーグだった。

ちゃんと私のハンバーグには旗が刺さっているのが素敵。

そのハンバーグを美味(おい)しそうに食べていた時の事。

私は驚愕(きょうがく)の事実を知った。

「ムーンライトファンドって、会社じゃないの!?」

あまりにびっくりしたので、ご飯とか吹き出してしまったけど、あまりの衝撃に私の頭はいっぱいであった。

そんな私の様子に、一条は苦笑しながら、そのからくりを話してゆく。

「実際にムーンライトファンドという会社組織は米国にありますし、資産運用もしていますけど、我々の間でムーンライトファンドというのは、お嬢様名義の預金口座の事を指します」

これは私が子供という欠点を、なんとか誤魔化す為に橘と一条が考え出した苦肉の策らしい。

この仕掛けを用いる事で何かあったとしても、私が捕まらないように十重二十重の安全策を用意しているという。

大本は旧極東銀行東京支店に作られた私の口座で、かつて屋敷を担保に借りた五億円が振り込まれている。

しかし、この借金自体はパナマのムーンライトファンドというペーパーカンパニーが、既に返済している。

さらに、この五億円は複数のファンドを経由してスイス銀行のプライベートバンクに送金され、バミューダ諸島のムーンライトファンドというペーパーカンパニーに貸し付けてハイテク企業に投資をしているのだが、このバミューダ諸島のムーンライトファンドの持ち主はマン島のムーンライトファンドである。

マン島のムーンライトファンドの資金はスイス銀行の私のプライベート口座からの全額出資であり、パナマのムーンライトファンドもこのスイス銀行のプライベートバンクから全額出資している。で、米国ＩＴ企業投資を現地で行うムーンライトファンドは、ケイマン諸島の法人でシリコンバレーに支店を設置しているという設定で、その持ち主はパナマのムーンライトファンド。

ここに、バミューダ諸島のムーンライトファンドの仕事を委託している形になっている。

ややこしい事この上ない。

「こんなにややこしくしてどうするの？」

図を描いてもらっているが、同じ名前が何度も出てきて頭が混乱している私に、一条は苦笑しながらその理由を解説してくれた。

「一番の理由は、橘さんが危惧しておられた有象無象対策ですね。同じ名前でここまで回せば、相手が一般人ならば、何が何やらわからなくなりますよ」

なお、ペーパーカンパニーの乱立と資金の送金ではこれだけの仕掛けをやらかしているが、実際に業務を代行させる職員は、シリコンバレーにビル一つで片付く。

そうやって得た利益は、複雑化させ、経路を分からなくして、最終的にスイス銀行のプライベートバンクに流し込む。

この口座こそが、ムーンライトファンドの本体であり中枢なのだ。

「さらに、複数組織をまたぐ事で、借金を大きくする目的がありました」

レバレッジと呼ばれる金融用語がある。

元手の少なさを解消するために、借金して大きな金を用意する手法だ。

たくさんの国に設立されたムーンライトファンド間で借金して作り出した資金は数億ドルに及び、その莫大（ばくだい）な資金を米国ＩＴ業界に流し込んだ結果、ＩＴバブルの波に乗って、今や数十億ドルにまで膨らんでいる。

現在は、やばい所の借金を返済して、利確に動いている段階らしい。

「ん？　米国で稼いだお金を日本に持ってきたのは分かるけど、ドルから円に変換とか税金とかどうしたの？」

私の指摘に、橘と一条が互いに目を見合わせたのを見逃さなかった。

私のワガママとはいえ、日本経済救済のために、本気で危ない橋を渡っていたのだろう。

「日本で使ったお金は全部借金なんですよ」

からくりはこうだ。

ムーンライトファンド日本法人を設立した時に、資金を融通したのは極東銀行で、この時は日本円を貸し付けている。

その後、その極東銀行が桂華銀行になる過程で、日本円を用意してくれたのは他の都市銀行なのだが、返済はドルでという特約を結んでいた。

これがすべての鍵だ。

為替リスクを考慮してかなり高いレートで貸し付けられた日本円だったが、それをムーンライトファンドは一括で返済。

このドルを用意してくれたのはニューヨークの投資銀行だが、彼らはムーンライトファンドの保有するＩＴ企業株の爆騰を知っていた。

それを担保に借りたドルを日本の都市銀行のニューヨーク支店にて返済、という訳。

国際金融バンザイである。

「実際の所、大蔵省内部でもまだムーンライトファンドの全貌を摑んでいるとは思えません。今、大蔵省は救済した桂華銀行と桂華証券の統制に四苦八苦している所でしょうから」

「国税局が動いたらしいですけど、上から待ったがかかったらしいですよ。万一、桂華銀行に更にやばい銀行をくっつけた場合、その資金をうちが出すという密約で、泉川大蔵大臣と加東幹事長がねじ込んだとか。それに、今の国税局は悲願の消費税値上げに奔走していて修羅場になっていますからね」

橘の説明に一条が補足をつける。

大蔵省における金融行政は、銀行が銀行局、証券が証券局ときっちり縦割りに分かれている。救済された桂華銀行と桂華証券の主導権争いが、銀行局と証券局の主導権争いに変わるまでそんなに時間はかからなかったのだ。

で、税金絡みで動く国税局は消費税5％値上げに伴う諸々で動けず。

結局は取ろうとした税金以上に、うちが金融機関救済に使って溶かした事実を以てお咎めなしの方向に持っていった泉川大蔵大臣と加東幹事長の勝利となった。

「後からなにか因縁つけられない？」

私がデザートのプリンをスプーンでつつきながら懸念の声をあげると、一条が肩をすくめて言い放った。

この世界における華族の存在意義を。

「華族の不逮捕特権がある限り、最後は国税局も折れざるを得ません。この不逮捕特権で、最も使われている犯罪は脱税なんですよ。うちはこれでも限りなくグレーに近い白で通っているつもりですが、何か言われたら桂華院公爵家が出てくるので国税局も動きたくないでしょう」

「また、これらの口座についてはお嬢様が未成年である事から、私がお嬢様の後見人となっております。同時に、口座間の資金のやり取りは私と一条の同意でしか動かせないようにしております」

最後に泥をかぶるのは橘と一条だから安心しろ、と言いたいのだろうが、己が子供であるから責任をとれないという事実がもどかしく感じる私が居た。

「かといって、このまま二人が泥をかぶるのはまずいわね。合法的に、お金を日本に持ってきて使える手段を考えましょう」

そして食べ終わった私が手を合わせたので橘と一条もそれにならってみんなで声を合わせた。

「「「ごちそうさまでした」」」

父の無念というのは、子にいやでも受け継がれるものだ。

それを晴らすという美談は私を守る盾にもなるだろう。

多分、これはそんな話である。

「酒田市の化学コンビナート建設の話、また持ち上がっているの？」

「ええ。一度は頓挫した話ですが、土地はそのまま残っていますからね。なんとか再利用を、と考えるのは自然でしょう」

橘の報告を聞きながら、私は酒田市で計画されている化学コンビナート建設の資料をじっと見る。

そもそも、父が嵌（は）められたきっかけとなったこの話だが、ロシア、あの時はソ連の石油を利用するという所から始まっていた。

ペレストロイカの行き詰まりで経済的に苦境に立っていたソ連から、バブルの絶頂で浮かれていたこの国はその石油を買う金を十二分に持っていた。

日本海沿岸の諸都市の中からこの地が選ばれたのは、新潟油田や秋田油田などに挟まれてまとまった加工ができるというだけでなく、石油備蓄基地も併設して万一に備えるという名目があった。

裏話になるが、新潟にできるはずだったこの施設を強引に酒田に変更したのは、ホープとして政治の中枢に進んでいた加東幹事長だという。

「やっと、幹事長が頭を下げた理由が分かったわ」

「それでお許しになるもならないもお嬢様の一存でよろしいかと」

東側内通の大スキャンダルを不逮捕特権で有耶無耶（うやむや）にしたのは加東幹事長という訳だ。

もちろん、それで事が収まる訳にも行かず、父はその生贄（いけにえ）となったと。

実に生臭い。

「さすがに顔も知らない親の敵を討つほど私は浪花節（なにわぶし）で生きていないわね。けど、そんなバブルの亡霊の話がどうして甦（よみがえ）ったの？」

私の質問に橘は地図のある一点を指した。

樺太（からふと）。

そのまま彼は口を開いた。

「経済再建途上の樺太ですが、武器輸出と資源輸出でなんとか持ちこたえている状況です。それでも失業率は20％を超えるでしょうな。その樺太の資源の最たるものは天然ガスですが、それを使った火力発電所建設の話が持ち上がり、それに合わせる形でコンビナート建設の話が進んでいます」

樺太を併合したこの国はその失業問題を何とかする為に、数少ない競争力を持つ資源である天然ガスを使って、樺太経済を回す必要があった。

それで手っ取り早く天然ガスを使えるのが、火力発電所という訳だ。

「樺太が絡む公共事業です。政府直轄事業として北海道や新潟県も誘致に手を挙げましたが、勝ったのが山形県酒田市と」

「加東幹事長の詫びなんでしょうね。これ」

桂華グループ傘下の企業には、化学を扱う桂華化学工業がある。

入札に参加すれば、便宜を図ってくれるだろう。

もちろん、見返りは次の参議院選挙における資金提供という所か。

「先程も申しあげましたが、この話はお嬢様の一存でお決めになられてよろしいかと」

橘はそっけないが、桂華院家からすれば見捨てられたという感情があるのは否定できない所だ。

それも、極東銀行救済で義理は果たしたと言っても文句は出ないだろう。

「こういう時は、その手のプロに話を聞きたいわね。石油化学、それと天然ガスあたりに詳しい人って居るかしら？」

私の言葉に橘は少し考えてから答える。

彼の人脈は、私が知らないだけでかなり広い、と桂子さんから聞いた覚えがある。

そんな彼の口からでた名前は、如何にもという人物だった。

「桂華商会で相談役として飼っている男が居ます。元は財閥の総合商社で働いていて、派閥争いに破れてというやつですが。彼の専門が資源トレーダーだったはずです」

「いいわね。時間を作って頂戴。会って話を聞いてから、この話を決めましょう」


「はじめまして。藤堂長吉と申します。前は岩崎商事で資源調達部長をしておりました。今は、橘さんの紹介で桂華商会の相談役みたいな事をしております」

バリバリのエリートサラリーマンがなんでこんな所でくすぶっているのかというと、閨閥とか社内政治で負けたかららしい。

何しろ資源調達部と言えば、世界中を飛び回って資源小国日本に資源を運び込むのがお仕事である。

本社どころか日本本土にすら居ない事が多いのに、社内政治で勝てる訳がない。

そこを橘に拾ってもらったらしい。

「相談役って今は何をしているの？」

「まぁ、会社の金でちょこちょこと資源絡みのトレードを少し。他にはこういう時に相談に乗るの

が仕事ですな」

豪快に笑ってみせるが、桂華商会が桂華グループ内部で収支トントンでやっているのも、彼のトレードのおかげというのがもっぱらの噂である。

規模の小さな商社だからこそ、トップクラスのトレーダーが叩き出す上がりで、赤字を黒字に持って行けるのも幸いした。

そんな彼を相談役という曖昧なポストでしか遇せない所が、桂華商会にも閨閥や学閥なんかがある事をいやでも示している訳で。

話がそれた。

「酒田のコンビナート建設の件ですね。ある程度は調べていますよ。あまり良い話ではないですけどね」

総合商社と言えば一時期は、公には情報機関を持たないこの国の対外情報活動に、大きく寄与していた。

その情報収集と分析能力は未だ失われてはいないらしい。

「良い話ではないって事は、儲からないって事？」

「はい。東南アジア諸国を狙い撃ちにした通貨危機以来、原油をはじめとした資源価格が暴落しています。今、樺太産の天然ガスに手を出すと、高値づかみでひどい事になりますよ」

つまり、こういう事だ。

もともと天然ガスは原油に比べて割高なのだが、現在は原油価格の下落によって、さらに価格差が出ていた。

国策とはいえ、高値で買わされる天然ガスを火力発電所で消費しても、不景気な現状では電力需要が増えないと元が取れない。

おまけに親方日の丸の方式でコストとかを度外視で話を進めるから、下手に民間が手を出したら、採算が合わずに撤退というのが目に見えていた。

「最近は環境うんぬんでうるさくなって、石炭火力発電所の置き換えを始めているみたいですが、私だったらあそこに石油火力発電所と化学コンビナートを併設しますね。資源が安くなるならば、暴落するだろうロシアからの原油まで当てにした方が建設的です」

私はジト目で藤堂長吉を見る。

今、発生しているアジア通貨危機が最終的にロシアに飛び火するのは、かつての知識から知っていた。

日本にとって命の一滴とまで謳(うた)われた、原油を超格安で手に入れるチャンスが目前に迫っている。

「いいじゃない。それ、やりましょうか？」

「また気楽に言いますね。単独で手を出すなら数千億円規模ですよ？」

藤堂長吉が確認するが、正気を疑っている目ではない。

おそらくは、私が橘と一条を使って色々と儲けた事を彼は見抜いている。

橘が連れてきたのならば、身辺調査も一通りしているのだろう。

ならば、巻き込んでこき使ってやろう。

「海外のＩＴ関連で儲けたお金が数十億ドルあってね。それを国内に運びたいのよ」

それでピンとくる藤堂長吉。

さすが有能トレーダー。

「あー。となると、今のままなら、一条さんの負担が大きい。それを私に背負えという事ですな？

そうなると桂華商会では、これを扱うには規模が小さすぎます」

今までは、ムーンライトファンドが稼いだ外貨は借金という形で国内に持ち込んでいたが、それは桂華銀行という金融機関だからこそできた裏技みたいなものだ。

色々と危ない橋を渡らせているので、万が一、一条が居なくなった時の事を考えて、別の手段を確保する事も必要だろう。

それに都合が良いのが、今の日本にはなくてはならないのに、外国から輸入するしかない石油である。

しかも、コンビナート建設だけでなく、タンカー建造などで、莫大なお金を使えるのが実に良い。と、そこまで私の思惑を見抜いた上で藤堂長吉は取引を持ちかけた。

「今、苦境にある総合商社。下位で良いですから、お嬢様の手で買えませんか？」

この話が、まさかああいう事になるなんてその時の私は思ってもみなかった。

ロシア産の油を巡る、国際社会のドロドロの洗礼を私は浴びる事になる。

それは、私がリムジンで桂華銀行本店に行く時に起こった。

「アジア通貨危機良くないわね。不良債権問題が再燃するじゃないの」

後部座席で私はレポートを読みながらぼやく。

日本の不良債権処理は政財官の護送船団でかろうじて守りきったのだが、タイから始まったアジア通貨危機によってまた信用不安が起ころうとしていたのである。

「ですが、お嬢様にとって都合が良い所もあるのでしょう?」

「わかる?」

このアジア通貨危機で打撃を受けたのが、総合商社である。

特に東南アジアは多くの日本企業が進出していた事もあって、通貨危機から始まる政情不安を看過できず、その日本企業間を繋(つな)いでいた総合商社はその波をもろに被る事になったのだ。

おまけに、日本では消費税5%が景気を冷やし、バブルの傷が癒えていない所にこの打撃という事で信用不安が囁(ささや)かれる事に。

おかげで、欲しかった下位の総合商社を買う事ができた。

「まぁ、二千億円ならお買い得かしら。藤堂さん欲しがっていたしね」

小学生がほざいていい金額ではないが、そのお買い物が経済誌に載るのもなれたというか。

『東京都芝浦区に本社を置く松野貿易は、ムーンライトファンド傘下に入る事を発表した。

ムーンライトファンドより資本を受ける事で、不良債権を処理して経営の安定を図る。

松野貿易はバブル崩壊後の不良債権処理が進んでおらず、アジア通貨危機で経営不安が囁かれていた。

このため、ムーンライトファンドはメインバンクが松野貿易に融資していた債権を一括購入し、松野貿易の経営に介入。

松野貿易は減資を行い株主責任を明確化した上で、債務の株式化とムーンライトファンドからの第三者割当増資を受け入れる事になる。

松野貿易の役員は全員退職し……』

桂華銀行時と不良債権処理が違うのは、桂華銀行が『貸し手』だった事に対して松野貿易は『借り手』という所で、この千八百億円は銀行が貸している所にある。

メインバンクシステムというやつで、銀行が最後まで面倒を見る事で平時は莫大な現金を管理運営して美味しい所を吸えるのだが、苦しくなると貧乏くじを一手に引く形になって不良債権が膨らむという欠点があった。

銀行団は信用不安が発生しかねないと、この松野貿易への融資を、まだ『現金が返ってこない』不良債権に分類しておらず、経営不安が表面化しても松野貿易への融資に応じていたのだった。

それが、アジア通貨危機によって銀行から一気に余裕がなくなった。

おまけに、松野貿易のメインバンクになっていた銀行の二つが片や合併で身綺麗になる必要があり、片や総会屋事件で脳死状態に追い込まれて、一気に経営危機が表面化したのである。

「しかし、値切っても良かったのでは？」

「それだと、銀行は融資が回収できないじゃない。向こうは不良債権にならないから安堵（あんど）しているわよ。どうせあぶく銭よ。泡として消えても困りはしないわ」

松野貿易の買収は基本銀行間で行われた。

メインバンクが持っていた松野貿易への融資をムーンライトファンドが購入。

ムーンライトファンドに融資を一本化した上で、債務の株式化と第三者割当増資を申し入れて松野貿易を一気に支配下に置く。

一個だけずるというか手口が異なる場所があって、これらの取引は全部それぞれの銀行のニューヨークの支店で行われたという事。

莫大な米国ＩＴ企業の含み益を前提に、桂華銀行がムーンライトファンドに資金を融資し、松野貿易の債権を米ドルで購入していた。

メインバンク側はこの米ドルの処理、円に変える為の為替差損のリスクを背負い込むが、割引なしで不良債権を買った代償として納得してくれた。

もちろん、今回の処理終了後に桂華銀行からの融資は返済している。

「日本の金融機関の不良債権がここまで大きくなったのは、価値というか信用のズレが我慢できない所にまで来たからというのがあります。百万を信用して貸したのに五十万しか返ってこなかったら、銀行は五十万の損を受ける。もちろん担保に土地や株を持っていたのでしょうが、それも同じく下落中で百万はどうやっても取り返せないからここまで苦しんでいるのです」

一条の言葉を思い出す。

だからこそ、借り手側の救済では債務放棄――借金をなしにします――なんて銀行団が行う際には銀行側にも債権回収不能というダメージと特別損失が発生しているのだ。

かくして日本企業群は仲良く不良債権という泥沼に長くつかる事になる。

で、だ。

そんな中で、返ってこないと諦めていた融資が満額回収されたらどうなる？

銀行は損失を出さなくて済むし、他の企業の不良債権処理に進む事ができる。

一方で、借りていた企業は銀行からの返済の督促に怯えなくて済む。

日本の不良債権の特色は、企業そのものは結構稼ぐ力があった事で、バブル崩壊で莫大に膨れ上がった不良債権――銀行らの過剰融資で高値で買ってしまった土地建物――への返済に苦しんでいた所にある。

だから、銀行からの過剰融資を返済すると立ち直る会社が結構あったのだ。

この松野貿易なんかはまさにそんな会社だった。

「松野貿易の社長に藤堂さんを送り込みましょう。他の取締役の人選はどうなっているのかしら？」

「既に手配は済んでおります」

桂華銀行本店に出向くのは、この確認を一条とともに進める為である。

下位とはいえ、十大総合商社の一角にあった松野貿易である。

ここを使って、酒田市のコンビナート再開発事業に絡む事になるだろう。

「お嬢様。よろしいでしょうか？」

　運転手の曽根光兼さんから何か告げられた橘が私の思考を中断させる。

　彼の口から予想できない一言が出てきたのは、その次だった。

「何者かにつけられています。今、自動車電話で本家に連絡を取り、手の者を呼びました。警視庁警護第5係にも連絡します。今日のご予定はすべてキャンセルしていただきたく」

　公爵という高位の華族をやっている事もあって、桂華院家専属の護衛は当然のようについている。

　このリムジンには運転手の曽根さんと橘の他に女性の護衛が一人ついているし、リムジンの前後に防弾仕様のベンツが走り護衛二人が乗っている。

　それでもつけられている事の意味を考える必要があった。

「分かったわ。で、つけている連中は内と外どっちだと思う？」

　私のため息とともに出た質問に橘はただ横に首を振った。

　内、つまり桂華院家の一族・分家筋が私を狙う理由は十二分にあったのである。

　分かりやすい理由を上げるならば、桂華銀行の収益柱になっているのにその内情は私しか知らない『ムーンライトファンド』。

　ハイテクバブルの波に乗って莫大な金があるのは分かっているから、私を亡き者にしてとか橘や一条を引き抜こうとして等の色々なあの手この手が既に発生していたのである。

　それを断った二人の理由はこんなものだった。

「私は大旦那様から『瑠奈を頼む』と言われましたからな」

橘の場合は、私というより祖父である桂華院彦麻呂の忠臣だったという事が大きい。

成り上がり華族とはいえ、太平洋戦争からはや半世紀。

桂華院家譜代や忠臣を作る時間はあったという事なのだろう。

「地方銀行でしかない極東銀行の東京支店長出身だから、この先出向するしかないと思っていた私が、本店で執行役員なんかについている。それもお嬢様の悪巧みのおかげだ。大蔵省天下りと都市銀行系幹部で占められている桂華銀行で、お嬢様の支えがなかったら即座に首を切られますよ。裏切れる訳ないじゃないですか」

一条の言い分に笑ったのは内緒だ。

ちなみに、執行役員とは重役待遇ではあるがあくまで従業員であり役員、つまり会社の意思決定に参加する取締役でない所がポイント。

ちょうどゲーム機を出してブイブイ言わせている某電気メーカーがこれを導入したのに続いて桂華銀行が導入した訳は、一条と清麻呂叔父様の鶴の一声で抜擢された橘の処遇の為だったりする。

今の桂華銀行は頭取と取締役の半分は大蔵省の天下り、残りは北海道開拓銀行・長信銀行・債権銀行の使える幹部によって占められている。

旧極東銀行の経営陣はこの椅子取りゲームにほとんど残れずに、極東生命の相談役として余生を過ごしてもらっており、私の後ろ盾がある橘と一条が特殊なのだ。

ここで一条と橘の入る席はないとばかりに突っぱねたいが、一条は『ムーンライトファンド』にアクセスできる数少ない人間であり、橘は桂華院家の譜代家臣である。

彼らの処遇の為にという実に日本的な組織内政治によって執行役員は導入されたのだった。

外についてはもっと分かりやすい。

私が身代金誘拐等の格好の標的だからだ。

「ルートを変更して、製薬本社に向かいます」

「待って。製薬本社に行くのは構わないけど、下手にルートを変える方が危険よ。銀行本店に行ってそこから製薬会社に向かう方が安全だわ。銀行本店の警備員も使えるし、茅場町(かやばちょう)から地下鉄に乗れば霞ケ関(かすみがせき)まで行ける。そっちの方が速いわよ」

銀行の救済に伴って優良物件として都内のビルのいくつかが桂華グループの物になり、それに伴ってグループの本社移転が行われていた。

グループ中核の桂華製薬本社は旧長信銀行本店ビルのある日比谷に移り、桂華銀行は旧一山証券本社ビルのある茅場町に本店機能を集約させていた。

「お嬢様。その案には問題があります。桂華銀行本店から地下鉄茅場町駅まで距離が離れております」

その距離四百から五百メートル。

つけているやつらに害意があるなら襲ってくれと言っているようなものだが、手がない訳ではない。

「手はあるわよ」

そう言って私はニッコリと微笑(ほほえ)んだ。

永代橋。

あからさまに怪しい動きをしていた車は私達を確認してから、こちらの警備員に質問されるのを嫌ってか車を東に走らせていった。

私はその姿を船の上から眺める。

「お嬢様。この手はいつから考えておられたので？」

「結構前から。東京って川が多いでしょう？　船を移動手段に入れると、追ってくる連中を振り切りやすいなと思ってね」

橘に返事をした私の金髪が潮風に揺れる。

旧一山証券本社ビルの裏には日本橋川が流れていて、ちょっとした船着き場になっていた。

だったらこれを使わない手はない。

一条に頼んで、船を一隻船員つきで係留させていたのである。

それが図に当たった。

なお、船はうちのリゾート事業で使う予定だった元不良債権のレジャーボートで設備だけは良い。

「竹芝桟橋に向かって頂戴。向こうで製薬本社が用意した車に乗ります。向こうの準備ができたら上陸するわよ」

船の便利な所は、岸につかない限りは誰も出入りができない事と、連絡がとれる無線が装備できる事である。

状況はこちらの方が圧倒的に有利だった。

「お嬢様。銀行本店の警備員の報告です。ナンバーを控えていたのですが……やっかいな事になりました」

私は橘の報告にいやそうな顔をする。

彼はこれ以上ないほど顔が真剣だったからである。

つまり、ろくでもない報告であり、それは見事に的中した。

「控えていたナンバーを警視庁に報告したのですが、そのナンバーがロシア大使館の登録車であるという事です」

竹芝桟橋に到着後、用意していたリムジンに私は橘とともに乗り込む。

リムジンの前後にベンツ二台ずつ。

更にその外に覆面パトカーがついている。

「大事になったわね。で、そちらの方はどなた？」

リムジンに乗り込んできた私服警官が警察手帳を見せて自己紹介をする。

実に笑顔が胡散臭い。

「警察庁公安部外事課の前藤正一と申します。今回の件について、お嬢様の警護の担当と状況の説明をさせていただきます」

「あら。名が轟いている特高の方が係る事件ですか。私は一体何をしたのでしょうね？」

敗戦において政府組織で壊滅的な打撃を受けたのが、陸海軍とともに官僚組織の頂点だった内務省である。

戦後の省庁解体で内務省が解体され、警察組織が内閣府に移された時に名前を変えた組織の一つが特高こと特別高等警察で、今は公安部と名乗っている。

なお、この内務省の解体で官僚組織に君臨したのが大蔵省である。

「お嬢様が何かした訳ではありませんが、世の中にはお嬢様が何かしたと考えている輩がいるみたいで。お嬢様が保有している、『ムーンライトファンド』が狙われています」

前藤警部の説明だとアジア通貨危機の余波でロシア経済も思わしくないらしい。

知っていたが。

とはいえ、それとロシアが出てくるのがいまいち繫がらない。

「失礼ですが、お嬢様はご自身の生まれについては？」

「前藤警部」

橘が窘めようとしたのを私が手で制する。

そして前藤警部の目を見て口を開いた。

「私の両親が東側と繫がっていた過去については知っています。それを踏まえて、この件とどう繫がっているのかお教えいただきたい」

小学生らしからぬ言い回しに前藤警部も少し驚いたらしい。

作られた笑顔が消えて真顔になる。

「なるほど。公爵家ともなるとお嬢様の教育も優れたものなのでしょうな。分かりました。話せる手札は晒しましょう。お嬢様のお祖母様にロシア大公家の血が流れているのはご存じですか？」

ロシア大公家。ロマノフ家の血を引くロシア貴族で、父側にもロマノフ家の血が流れていると分かった瞬間である。

私が頷くと前藤警部は一旦視線をそらせて、車窓を眺めつつ続きを口にした。

「北日本国の資料から摑んだ所では、お母様も元は高貴な方だった事が分かっております。そして、お嬢様がある家の継承権を主張できる程度の血筋となった」

あ。

すげーいやな想像が出てきた。

これも一昔前のロマンス小説のお約束だったな。

だから、それを口に出した。

「ロマノフ家の事ですか。もしかしたら程度には聞いていましたが。継承権についてはまだ上が居ると思いますが？」

私の正論に前藤警部は無慈悲に首を横に振った。

「重要なのは、継承権よりもその継承権の担保の方なんですよ。お嬢様がロマノフ家の財宝を入手した事によって、お嬢様こそロマノフ家の継承者であるという見方をする連中がいる。というか、そういうロジックでムーンライトファンドを取りに来た」

「なるほど。『ムーンライトファンド』の資金源がロマノフ家の財宝から出ているとロシアは考えている訳ですね」

スイスのプライベートファンドには、万一に備えてロシア皇帝の隠し財産が今も眠っているという。その引き出されない隠し財産を元に、スイスは金融立国の地位を確立したなんて怪しげな話もあるぐらいだ。

ムーンライトファンドをきちんと探れば違う事は分かるだろうが、スイスのプライベートバンクはその利用者を徹底的に保護する。

だから、こんな伝説が結びついて、私が現在困る事になっている訳だ。

89年のベルリンから始まった東側崩壊の過程で私は日本で生まれた。

その時の日本はバブル真(ま)っ只中(ただなか)で、ソ連をはじめとした東側は崩壊の真っ只中。

日本の技術をスパイするだけでなく、この怪しげな話に食いつくぐらいに当時の東側は追い込まれていたという訳だ。

前藤警部が手帳を開いて書かれている情報を読み上げる。

「ロシアに妙な動きが出始めたのは、酒田市のコンビナートの話が出てからです。あの土地は因縁がありますからな。注目していたら、このニュースだ。動くのは当然でしょう？」

「それにしては速くないですか？　ニュースが出たのは今日ですよ？」

私の素直な疑問に、前藤警部はその理由を教えてくれる。

少なくとも、彼は私を子供扱いはしなかった。

「この手の話は、ニュースになった時点で、半分以上絵図面が出来上がっているんです。酒田市のコンビナートは、その場所から樺太かロシアの天然ガスか原油を使わないと採算がとれない。そこから、手繰られてお嬢様の名前にたどり着いた」

前藤警部は楽しそうに笑う。

それに気づいて慌てて口元を引き締めて、更に話を続けた。

「今のロシアは経済が悪化し政情不安も囁かれています。かの国にとって、貴女(あなた)の身体(からだ)に流れる血は特別な意味を持ちます。金銭目的なり、名を売る目的なり。まだ具体的な所までは分かりませんが、我々はそのあたりを考えています」

「お話は分かりました。その上で、私に何を期待しているのですか？」

私の質問に前藤警部がにこりと微笑む。

その微笑みに背筋が寒くなった。

「何も。お嬢様は守られるお方だ。それを自覚していただけるならば、それ以上は大人の仕事です」

前藤警部が意図的に隠した事に私も気づかないふりをした。

そのろくでもない連中に、ロシア政府が手を貸している。

もしくは、ロシア政府がこれを主導しているという可能性を。

「瑠奈。無事だったか」

日比谷公園の見える桂華製薬本社ビルの重役室で私は仲麻呂お兄様に抱きしめられる。地味に強く抱きしめられて苦しい。

「仲麻呂お兄様。瑠奈は大丈夫ですから。安心なさってくださいな」

「ああ。すまなかったね。前藤警部もご苦労だった」

仲麻呂お兄様のこの心配は私を心配しているのか、私についている血や金を心配しているのかどっちなのか分からない。

とはいえ、そんな風に人間を見てゆくと疑心暗鬼の果てに壊れるのが目に見えている。子供である私を心配しているという事にしておこう。私の精神衛生的にも。

仲麻呂お兄様から離れると、一条と藤堂の姿が見える。

事態がこうなった以上、お兄様にはある程度の説明は必要だろう。

という事で、橘、一条、藤堂の三人が仲麻呂お兄様と前藤警部に事情を説明する。

「ムーンライトファンドは、日本及び米国のＩＴ企業の株で運営しているのですが、その資金管理口座はスイスのプライベートバンクに置かれていました。それが、ロシア帝国の財宝と結びついたのが今回の一件の原因の一つです」

私の読みと同じ一条の説明を補足するならばプライベートバンクの信頼は伝統と同義語であり、信頼できるプライベートバンクを選んだら必然的にロシア帝国が存在していた時の銀行にぶち当たったという訳だ。

「それがロシアの経済悪化とともに注目され始めた。ムーンライトファンドの開設そのものは探れば近年なのは分かるけど、経済悪化が建前を取り除いている感じがしています」

総合商社という情報機関に居た藤堂がさらりと怖い事を言う。

アジア通貨危機が進行している中、それはロシアにも飛び火していた。

この時の成長はアジアが引っ張っており、その成長によって資源価格は高値圏を推移し、石油や天然ガスを輸出していたロシアはそれが経済の立て直しの中心になっていたのである。

その成長エンジンであるアジアが通貨危機で打撃を受けたら、アジアの成長を見越して高値だった資源価格は暴落し、その輸出で国家経済を回しているロシアにも飛び火するという訳だ。

すでにこの時点で経済は世界を繋げてしまい、どこで何が誘爆するかまだこの時代の人間はその意味を本当に理解しているとは言えなかった。

「ロシアは、経済の悪化で賃金の未払いが起きて、炭鉱労働者を中心にストライキが発生しているみたいですね」

さらりと言う藤堂の一言に背筋が凍る。

賃金未払いというのは会社で言う所の倒産寸前というやつだ。

これが国家破綻まで行くから、経済危機は怖いしヤバい。

「何となく、背景が見えてきましたな。炭鉱の鉱夫とかも裏社会が集めていた時代がある。こっちに悪さを仕掛けてきた連中は、そのあたりでしょうな」

社会主義の総本山であったソ連は計画経済の結果、崩壊し、闇市を取り仕切っていたマフィア連中が新興財閥の一角として財を成していたなんて状況になっていた。

ちょうどこの国の戦後の混乱が今のロシアで起こっていると言った方がいいだろう。

なお、そんな怪しい連中から華族の公爵にクラスチェンジしたのが我が桂華院家。

橘が懐かしそうに言うが、彼も戦後から経済成長に至るまでの時代を生きてきた人物なのだ。

人は目で見える現在を知るがゆえに、その人に記録されている過去まではなかなか見る事はしない。

「それにしても、大使館を巻き込むとはかなり大掛かりじゃないか」

仲麻呂お兄様の言葉に藤堂が返事をする。

その返事の意味を理解してしまうがゆえに、状況は思ったより深刻だった。

「それの意味する所は一つです。つまり、それぐらいの金をかけられる所が仕掛けてきている。そして、それぐらいの金を以(もっ)てしても、おそらくは金が足りない」

沈黙が少しだけ場を制する。

軽く咳払(せきばら)いをして、前藤警部が己の仕事を通告した。

「ご迷惑をかけると思いますが、しばらくは警護第5係がお嬢様のお側(そば)につく事をお許しください。我々公安部外事課は事件解決に向けて全力をつくす事をお約束します」

警護第5係が盾であり、外事課が矛という訳だ。

で、全体指揮は外事課が担うと。

私は口を挟まずにはいられなかった。

「ねぇ。何を以て、事件解決とするのかしら？　相手は大使館ナンバーを持ち出しているんでしょう？」

公安の動きが早すぎる。

つけられているという通報でロシア絡みの話がここまで出てきたという事は、かなり前からこの情報を摑んでいたという事だ。

私がそんな事を考えているとは知らず、前藤警部は淡々と公安としてのこの件の終わりを提示する。

「一応お嬢様の周りをうろつく事がないようにというのが我々の考える終わりです。そこから先は外交の仕事になりますからな」

ドアが静かに開くと、一条の下につけていた桂直之（かつらなおゆき）がメモを一条に渡す。

それを見た一条は、表情を変えずに橘と藤堂の両者にもメモを見せる。

「お嬢様。よろしいでしょうか？」

こういう場面で口を挟まない橘が、私にそのメモを渡す。

私はそのメモを読んで凍りついた。

起こる事は知っていた。

だが、このタイミングは悪すぎる。

「瑠奈。どうしたんだい？」

私はそのメモを仲麻呂お兄様に渡すと、私と同じように顔色を変える。

先程までの説明を聞いていたならば、このメモはロシア経済が爆発する導火線に火がついた事を意味する。

　アジア金融危機の次にやってきたのがロシア金融危機だ。

　この金融危機は簡単に言うと、通貨を買い支える資金が用意できるかどうかにかかっている。

『ムーンライトファンド』にはその資金となるハイテク企業の含み益が大量に眠っていた。

　それが分かっているからこそ、橘はこのメモを私達に渡してきたのだろう。

「そのメモは見せてもらっても？」

　前藤警部も興味を示し、仲麻呂お兄様はそのメモを渡す。

　私達の顔色を変えたそのメモにはこんな事が書かれていた。

『バンコク発
タイ政府、変動相場制へ移行。
通貨暴落が他のアジア諸国に波及』

「という事が起こっているのよ」

「随分あっさりと言ったな」

　学園の図書室の勉強会にて私は男子三人に事情を説明し、栄一(えいいち)くんが呆(あき)れ声でツッコミを入れる。

　なお、この場にも私服の女性警官が端に立って警戒を続けている。

「それならば、明日の船上パーティーの参加は無理？」

裕次郎くんが女性警官をちらりと見ながら確認を取る。

アジア金融危機が炸裂したのに暢気なというか、炸裂したからこそ大蔵族は更なる結束をという事でパーティーを企画していた。

その内実は、来年の参議院選挙と裕次郎くんの父で現大蔵大臣の泉川辰ノ助議員の与党総裁選出馬の資金集めである。

「いや。さらっと言っているけど、私を呼ぶって普通無理って考えない？」

次期総裁を他に狙っているのは現外務大臣で、外務省は私達華族の牙城の一つだった。

貴族が生き残る欧州等では青い血の外交は侮れないものがあるからだ。

なお、外務省が牙城ならば本拠地はどこかというと枢密院である。

よく残ったなというか、参議院を捨ててもここを死守したというか。

「桂華銀行の一件があるから、お前の家を大蔵族に取り込みたいんだろう」

光也くんが呆れ声で話を繋ぐ。

祖父の成りあがりに父の不祥事もあって、桂華院家は公爵なのに華族社会から浮いていた。

その為に事業の方に専念して、今の隆盛がある。

「あー。銀行絡みなら文句も言われないか。当主代理出席で私を出してという訳なんでしょうね」

今頃は大人の間で色々と駆け引きが行われているだろう。

私は手を止めてため息をついた。

「自分の事を自分で決められないなんて、なんて不便なのかしら」

翌日。

護衛を連れて私は船上の人となっていた。

正装という事で小学校の制服である。

「本当は事件の関係から出席を見送りたかったのですがね」

スーツ姿の前藤警部が苦笑する。

それを強引にねじ込んだのが泉川議員であり、彼と彼の派閥の権勢を窺い知る事ができる。

「桂華院公爵家ご令嬢、桂華院瑠奈様のご入場です」

拍手とともに私はパーティー会場に姿を現す。

もっとも、拍手をしながらも客人達は噂話に花を咲かせていた。

（タイは内閣が総辞職したらしい）

（インドネシアも暴落が止まらない）

（連動して国内の為替と株価がとんでもない事になっている）

（東南アジアに進出していた中堅財閥が行き詰まって通産省に救済を頼んだらしい）

（まずいな。その財閥がとんだら、更に不良債権が増えるぞ。ただでさえ、不良債権処理と消費税増税で俺達は叩かれているのに）

（その為に呼んだのが彼女。桂華院瑠奈様という訳だ。桂華グループの桂華銀行と桂華証券は大蔵

一族の植民地だ。財閥解体と不良債権処理をこっちで行う為には、桂華院家のご機嫌をとらないといけない訳だ）

（金融ビッグバンを考えたら、金融持ち株会社の設立は外す事ができない。銀行と証券の一体経営という格好のモデルケースを成功させる為ならば、小学生にも媚を売るさ）

　だから聞こえているんですけど。

　そんな内心のツッコミを奥に隠して私は小さな淑女としてパーティーの主役に礼をする。

「お招きに与り光栄ですわ。泉川大臣」

「これは可愛らしいレディだ。貴方の話は裕次郎がよくしているよ。これからも仲良くしてやってくれ」

　泉川大臣は私への挨拶の後私を横に立たせてパーティーの挨拶を始める。

「不良債権処理の急場を凌ぎ、日本の金融機関はもう一度世界へ羽ばたく時が来るのです。金融ビッグバン。その最初の取り組みは金融持ち株会社の解禁であり、今国会で成立を目指すものであります。そして、そのモデルケースとして選ばれたのが今回ゲストに来ていただいた桂華院瑠奈公爵令嬢のご実家である桂華グループ傘下の桂華銀行と桂華証券、さらに極東生命と桂華海上保険を加えた四社です」

　泉川大臣は誇らしくその名前を自らの功績として宣言する。

「桂華金融ホールディングス。この名前が世界に再度打って出る日本金融機関の先駆けとなるのです！」

万雷の拍手の後乾杯が唱和され、このパーティーは華々しく始まった。

さて、呼ばれたはいいが私の年だと生臭い話に絡む事もできないので、必然的に端で食べるかジュースを飲むかしかできない。

東京湾クルーズと洒落込んでいるが、このレストラン船は『アクトレス』号と言って、不良債権だったものの一つで今は桂華ホテルが所有している。

行き場のないこの船をどうするかという事も実はこの場の話題の一つで、このパーティーがこの船で行われているのも有効活用と言えなくもない。

うちの持ち物だから、安心して警護を置けるというメリットもあるし。

「しかしこの年でこういう場所に出ないといけないなんて面倒だな」

パーティー初参加の光也くんが感嘆の声をあげる。

『帝都学習館カルテット』の名前は親にも届いたらしく、それではという事でのご招待らしい。かわいそうに。

私や栄一くんや裕次郎くんは慣れたもので、子供用テーブルからむしゃむしゃとスイーツとジュースを堪能している。

「そうなのよ。ゲームもないから、妙に時間が長く感じるのよね」

「桂華院さんってゲームするの？」

私の話に裕次郎くんが食いつく。

今回は彼がホストなので、楽しませようと努力しているのだろう。

それに栄一くんも絡んでくる。

「息抜きにね。執事の橘やメイドの桂子さんが見張っているから、長くできないのだけどね」

「分かる。俺の所もいい所で止めさせるんだよ。何をやっているんだ？」

「ＣＭが流れている大作ＲＰＧ。ネタバレはしないでよね」

いや。昔やったのだが結構忘れているのだ。

ありがとう。セーブ機能。

あれがない世代はさぞストレスが溜まっただろう。

「あれかぁ。あの世界の大企業って、絶対財閥だよな」

「ですよねー。光也くんはあれやってる？」

「うん。やったけど、選択肢を間違えたらしくてセーブ箇所から確認している所」

あっ……

「ちょっと失礼」

一声かけてお手洗いへ。

もちろん女性の護衛がついてくるのだけど、その護衛がぴたりと止まった。

「お嬢様っ！　下がって!!」

目の前に転がってきた何かが突然光って、私は意識を失った。

目が覚めると、私は縛られて暗い場所に閉じ込められていた。
結構大きな箱という感じだろうか？
今更だが、恐怖で体が震え……ない。
薬か何かで体が動かなくなっていた。
目隠しをされ猿轡をされているから声も出せない。
私についていた護衛の人が見当たらない。
恐怖に怯えるのを我慢して、私は考え続ける。
一つ分かっている事は、内通者が居るという事。
そうでないとここまで綺麗に私を攫う事なんてできない。
次に私の身柄が必要だという事。
ムーンライトファンドだけを狙うならば、私の身柄はむしろ邪魔になる。
保有者である私が死んだ場合、桂華院一族に配分という事になるだろうからだ。
それをせずにこうして捕らえている理由は一つ。
ロマノフ家の財宝だろう。
使った事もない財宝伝説が私の生存を担保していた。
更に気づいた事がある。
エンジン音と振動。
おそらくはまだ『アクトレス』号の中に居る。

そうなると、まだ救出のチャンスはある。

同時に、私の捜索は秘密裏に行われているはずだ。

事が露見した場合、桂華グループにも、パーティーの主催者である泉川大蔵大臣にも政治的ダメージが行く。

クルーズ船という密室がこの状況を作り出していた。

「すみません。気分が悪くなって酔い止めが欲しいんですけど」

!?

その声は栄一くんの声だった。

「僕も」

「同じく」

裕次郎くんと光也くんの声も聞こえ、三人が囚われていない事に安堵した私が居た。

という事は私が囚われているのは医務室か？

なんとか連絡をしないと。

私は体を動かそうとするが、きつく縛られていて音を出す事すら難しい。

「できるだけお静かに。ここには、ベッドで寝ている人が居るんですからね」

医務室の医師だろうか。

彼の注意に黙る三人と思ったら、裕次郎くんの声が聞こえた。

「ところで、桂華院さんを知りませんか？　お手洗いから戻ってきていないんです」

「女性には色々あるんです。会場で待っていれば、きっと戻ってきますよ」

「そうなんだ。しかしお医者さんも大変だな。急に出た病人の為に医務室に籠りっぱなしなんだから」

栄一くんの声に医師は苦笑する。

「それが仕事ですからね。はい。酔い止めです」

ことんと何かが落ちる音。

ゴミでも捨てたのだろうか？

「ありがとう。ここは元倉庫みたいだな。ネームプレートがそのまま貼ってあったし。慌ててベッドや医薬品棚を置いているし」

「このパーティーの為に急遽呼ばれましたからね。私は桂華グループのお抱え医師なんですよ」

なるほどな。

閉じ込められているのは倉庫か。

問題なのは倉庫のどこかという事なんだが。

「薬ありがとうございます。コップはここに置いておきますよ。ちなみに、僕達はどれぐらい船に乗っていないといけないんですか？」

光也くんの質問に医師は何か紙を取る音の後で告げる。

「パーティーが終わるまで一時間ぐらいだからもう少しの我慢だね」

「あ。それ違いますよ。父がクルーズをもう少し楽しみたいからって、二・三時間ばかり延長するそうです。父が船長にそれを話していて、僕たちは酔いが我慢できなくなる前に酔い止めの薬をと」

医師の言葉を主催者の裕次郎くんがあっさりと訂正する。

何かを飲む音の後、遠くからドアが開く音がする。

「ありがとうございました。先生もお仕事がんばってください」

栄一くんの声を最後にドアが閉まる。

しばらくして聞こえてきた会話は驚くべきものだった。

「どうするのよ！　あと二・三時間も捜されたら、隠しきれないわよ!?」

護衛の女性の声。

なるほどな。

内通者は彼女と医師だったか。

「落ち着け。万一に備えて、小型船が待機する手はずになっている。いざとなったらそっちに彼女を渡してしまえばいい」

それまでに助けてもらえるのだろうか？

それとも、その小舟に乗った後私は何をされるのだろうか？

恐怖がどんどん膨らんでゆく。

ジュッとした音がしたのはそんな時だった。

「煙がっ!?」

「動くな！　警察だ！　誘拐の現行犯及びその他の容疑で逮捕する!!」

その声は前藤警部。

ドタドタと騒がしい音がしたので彼の部下の公安が数人で鎮圧したのかもしれない。

「ありました！　ベッドの下に床下収納!!」

開けられた音とともに目隠し越しに光が届く。

「発見しました！　お嬢様は無事です!!」

拘束を外され、視界がひらけた時に三人の姿を見た瞬間、安堵とともに目から涙が止まらなかった。


「申し訳ございません。お嬢様をこのような危険な目にあわせてしまい……」

謝罪をする前藤警部だが、私が捕らえられた時点で容疑者として医師については目星をつけていたらしい。

彼は桂華グループのお抱え医師だが分家一族に連なる家で、その家は事業の失敗でかなりの借金を抱えていたのである。

護衛の方はハニトラに引っかかっており、更に桂華院家内部にも動いていた家がある事が暴露される事になった。

で、私を攫う場合、必ずついて回る護衛が一番怪しく、負傷した護衛が休む医務室を船の設計図で確認したら床下収納を見つけて確信したそうだ。

私の居た床下収納の上にベッドが置かれ、そこに負傷した護衛が休んでいたのだ。

「分かったけど、何で三人が医務室に入ってきたのよ。危なくない？」

「危なくなかったさ」

私の疑問に栄一くんが、自信満々に言い切る。

その仕草が未来の彼とかぶる。

「ロマノフ家の財宝なんて大金を狙うならば、ここで俺達を狙うリスクは避けるだろう？　こっちにとって、お前を人質に籠城される方が厄介だったんだ」

続いて裕次郎くんが笑みを浮かべて私を安心させるように言う。

その口調が未来の彼とかぶる。

「で、僕達の方から協力を申し出たんです。証拠となる彼らの会話を確認する盗聴器と突入時に有利になるように小型発煙機を部屋に残す為にね」

最後は光也くんが〆る。

その口調は未来の彼がよく使っていた断言口調。

「三人で会話をコントロールして視線をそらさせながら、盗聴器はゴミ箱に、小型発煙機はコップのあった棚の奥に。ベッドで護衛が寝ている際にカーテンで仕切られていてこっちが見えない時点で勝負有り」

楽しそうに戦果を誇る三人と彼らが危険を承知で囮(おとり)を買って出てくれた事に、どくんと、私の心臓が跳ねた音がした。

九段下。

旧債権銀行本社ビル。

銀行機能は桂華銀行本店に移管されたのでこのビルは空きビルになっているのだが、既に建て替えが決まっており中はがらんとしている。

そんなビルの応接室で、私と栄一くん・裕次郎くん・光也くんの帝都学習館カルテットに執事の橘が客人相手に圧迫面接をしていた。

「どういう事なのか説明していただけるんですよね？」

客人である公安の前藤警部の前には新聞が置かれ、その一面には『泉川大蔵大臣引責辞任！　大蔵省内部の汚職で逮捕者を出した責任をとり……』とでかでかと書かれていた。

この汚職事件は、総会屋に対する利益供与から始まっており、調べていったらＭＯＦ担という大蔵省担当銀行員と大蔵省官僚の汚職に繋がってというのが大まかな流れだ。

大蔵大臣に日銀総裁の引責辞任、逮捕者に自殺者まで出るという最悪の事態の上に、アジア金融危機進行中で日本の金融行政が完全に脳死するという最悪の状況に頭を抱える事に。

もちろん、泉川大臣が進めていた金融持ち株会社法は見事なまでにストップしたのは言うまでもない。

「と、言われましても、悪い事をしている以上はそれを捕まえるのがお巡りさんのお仕事な訳でして」

「それは承知しています。私がお伺いしたいのは、私を出汁にした上でこの捜査を進めた経緯とその背景です」

前藤警部の張り付いた笑顔の仮面から目だけ笑みが消える。

私はともかく、少なくとも男子三人はチートクラスの頭脳持ちだ。

理屈だけなら理解できるからこそ、この圧迫面接に加わってもらっている。

栄一くんはともかく、裕次郎くんは父が大蔵大臣辞任に追い込まれて、総裁選出馬は見送り。

光也くんもお父さんが捜査線上に浮かんで何もなかったが、主計局そのものが大ダメージを受けてお先真っ暗。

私は私で怖い目にあった上に、桂華院家内部の醜聞という事で叔父も仲麻呂お兄様もその後始末に大わらわ。

そんな一連の事情を知りたいという事でのご登場である。

「公安はかなり早い時点であの二人まで調べていましたね？」

あの一件は少なくとも桂華院家内部の事として表沙汰にしないという事で公安とは手打ちが済んでいるらしい。

そういう所まで含めて、今回の一件は公安の手のひらの上だったという疑念を深めざるを得ない。

「私の車がつけられた時点で、あなた方が出てきたのがその証拠だ。ロマノフ家の財宝にムーンライトファンド。私が狙われる理由はいくらでもあった。だが、その私を狙うように焚き付けたやつが居る」

淡々と推理を披露する小学生。

気分は某名探偵のごとし。

「あなたがた公安ですね。東京地検が大蔵省をターゲットにしていた事を公安は知っていた。桂華銀行や桂華証券は、不良債権処理の件もあって大蔵省の植民地で旧長信銀行や旧債権銀行は政治家の貯金箱として政治案件の融資が大量にある。大蔵省がこの不祥事で失脚すれば、その過程でこの政治案件の融資に捜査のメスが入れられる。そういう狂言だった訳だ」

私は一旦言葉を止めてグレープジュースをぐびぐび。

後味を楽しむ事なく、更に続きを口にした。

「問題だったのは、実行犯の二人が本当に私を売ろうとした事。ロマノフ家の財宝にムーンライトファンドという巨額の金が、狂言誘拐を本当の誘拐に切り替えさせようとした。だから、ああいう形に落ち着いた」

ちらりと私は三人に視線を向ける。

三人共理解はしているのだろうが、どう動けばいいか分からないらしい。

彼らは知らない。

大人の喧嘩とは口喧嘩なのだという事を。

「だから何としても船内で私を奪還する必要があった。その為に三人を使った事が証拠です。狂言だったから前藤警部が動けば彼らは警戒する。私に絡んで、彼らが油断する駒となると、あの時この三人しか残っていなかった」

泉川大臣が引責辞任と総裁選不出馬でお咎めなし、主計局主計官という次期大蔵省事務次官のポストに居た光也君のお父さんもお咎めなしなのがその証拠だ。

この両者とも逮捕まで持っていけば検察は大金星として評価されるものだった。

それを抑えたのは間違いなく前藤警部の公安で、私の誘拐事件の手打ちの中に入ったのだろう。

この場で言うつもりもないが。

栄一くん？

彼は俺様キャラで勝手に加わったと見た。

「探偵漫画だったらなかなかの筋書きですな。ですが、状況証拠ばかりで物的証拠がない」

まるで犯人のようにというか私の戯言に乗ってくれているという感じの前藤警部。

彼自身を責めたとしてもトカゲの尻尾切りな訳で、事は既に大蔵族の大敗が決まっている。

この不祥事が引き金となって彼らは金融行政を失い、その長きにわたる大蔵の名前すら捨てさせられる事になるのだから。

「香港返還とアジア通貨基金構想」

前藤警部の笑顔の仮面が剥がれ落ちた。

どうやらここが本丸だったらしい。

「日本の不良債権処理は大蔵省の護送船団方式でなんとか乗り切った。その流れでアジア金融危機を防がれると不味い事があったという訳ね。今国会で成立を目指し流れた金融持ち株会社法でできる予定だった桂華金融ホールディングスはこのアジア金融危機に対処できる大蔵省の切り札だった」

アジア通貨基金構想は首相まで務めた大蔵族の長老が提唱したプランで、ヘッジファンドから身を守る為に日本が中心となって資金を融通するだけでなく、そこから経済支援まで視野にいれた壮大なプランだった。

そう。アジア通貨基金構想でアジア各国に大量の資金を供給できるのならば。金融持ち株会社法で桂華金融ホールディングスができて資金供給を助ける事ができたのならば。歴史はさらにもう少し変わっていたのかもしれないが、私が関与できなかった物語だ。

「このあいだ香港が返還されたけど、あそこにあったアングラマネーのかなりの部分がアジア諸国に流れていたのは知っているのでしょう？　それを吸っていったのは米国のヘッジファンド。一方で大蔵省の天下を苦々しく見ていた連中が居たわけで。たとえば外務省とか」

「お嬢様。物語と言えども、言わない方が良いという事があると忠告させていただきます」

米国に本拠を置くヘッジファンドはこの頃から本格的に暴れまくる。

そしてそれは、米国の国益と一致していた時期でもあったのだ。

面白いのは、『日本の弱体化』を望んでいる保守派議員もこの頃は多く居たのだ。

太平洋戦争で負けた事で、また米国と対峙するのはご免だという戦中世代が未だ一線に残っていた最後の時でもあった。

とはいえ、このプランが成立すると、アジア限定とはいえ、ＩＭＦと業務がかぶってしまうと米国が反対していた。

なお、加東幹事長は元外務省官僚で外務族議員でもある。

泉川蔵相の失態で引退を迫り、泉川派を乗っ取ろうと激しく動いているとかなんとか。

日米同盟の維持の為に、彼ら大蔵族は売られた。

桂華院家は私という東側内通の過去があるからこそ、その舞台に選ばれた。

つまりそういう話だ。

「結構よ。小学生のお話相手になってくれてありがとう」

「いえいえ。なかなかおもしろい物語でしたよ。お嬢様」

理解した三人の男の子達だが、裕次郎くん・光也くんは激怒というか殺意バリバリである。

で、栄一くんはというと冷めた目というか見下した目で前藤警部を睨(にら)みつけていた。

この茶番に三人を引きずり込んだのは、私の破滅イベントで逮捕されるエンドがあるのだが、その逮捕しに来た刑事さんが前藤警部のような気がしたからだ。

一枚絵で名前もなかったけど、雰囲気から多分そうだと。

で、彼ら三人に悪印象をもたせて、私の逮捕エンドを潰そうなんてフラグ折りの作業を兼ねていた事を彼らは知らない。

「なるほど。なかなかおもしろい話だった」

前藤警部が出ていこうとしたドアが開くと、その声とともに仲麻呂お兄様が入ってくる。

冷淡な貴公子顔ではなく、あきらかに感情が顔に出ていた。

「っ！」

そのまま前藤警部の顔面を仲麻呂お兄様が殴る。

前藤警部はそのまま殴られ、床に這いつくばった。

「そんな薄汚い事に大事な妹を巻き込むな!! 貴様は今後一切桂華院家の敷居を跨がせない！ そう上に報告しておけ」

垂れる鼻血を手で拭いて、何も言わずに一礼して前藤警部は出てゆく。

けど私は分かってしまう。

仲麻呂お兄様が私を強く抱きしめる。

「すまなかった、瑠奈。お前がこんなに怖がっていたなんて。だけど安心するといい。お前は誰がなんと言おうとも、桂華院家の一員で、俺の大事な妹だ!!」

私の頬に仲麻呂お兄様の涙が垂れる。

警察の警部ともなれば、犯人逮捕の為に武道を習得させられている。

それにもかかわらず、前藤警部は仲麻呂お兄様に抵抗もせずに殴られた。

つまり、仲麻呂お兄様の激昂と前藤警部が殴られた事も桂華院家と公安の手打ちの案件の範疇に入るという事で、亡き父の東側内通という弱みにつけこんだ公安が、最初から桂華院家を巻き込んで狂言誘拐を起こしたという事を私は理解せざるを得なかったのだ。

「泣かないでおくれ、瑠奈。ほら、君達も何か言って瑠奈の機嫌をとってくれないか？」

私の涙に慌てる仲麻呂お兄様と男子三人。
違うのよ。みんな。
ねえ。桂華院瑠奈。
あなたは疑心暗鬼と人間不信の果てに見た、主人公の何が羨ましかったの？

【用語解説】
・ムダに多いムーンライトファンド……この惨劇は日本においてはツアーバスで繰り返され、バス行政転換のきっかけとなる。
・スイス銀行……某漫画で有名なスナイパー御用達（ごようたし）の銀行だが、スイス銀行という銀行はなく、スイスに本拠を置くプライベートバンクの総称を指す。お嬢様の資産を有象無象から守り抜く為のベストな選択だったのだが、ロマノフ家がここに秘密資産を預けたまま滅亡した結果スイスの金融業は発達したなんて与太話があるぐらい、スイス銀行とロマノフ家の縁は深かった。
・消費税値上げ……97年に値上げされ、翌年の与党参議院選挙大敗のきっかけにもなる。
・アジア通貨危機……タイをはじめとしたＡＳＥＡＮ諸国で発生した大規模金融危機。
・債務の株式化……デット・エクイティ・スワップ。借金は返さないといけないのだが、出資だとその会社の株を渡す事で返済という扱いになる。という訳で、現金返済でなく、その会社の株式を渡す事で債務を軽減する手法。
デメリットである株の希釈化（借金がそのまま出資になるので、株が更に増える事になる）やモラルハザード（株渡して借金返せばいいやと経営陣が考えるようになる）を避ける為に、この話では減資で株主責任をとらせた上で、経営陣に総退陣を迫っている。

・警視庁警護第5係……実際にはない架空の部署だが、華族の警護を担当するという設定。

・外交官特権……外交官に与えられる特権で不逮捕特権や住居の不可侵権等がある。その為、大使館ナンバーの車にスパイを乗せてなんてのはスパイ小説の王道の一つ。

・外事課……日本の公安警察の中で、外国諜報機関の諜報活動・国際テロなどを捜査する課。敗戦後の介入が微妙だったせいで、スパイ防止法とかが生きていたり。

・変動相場制……通貨の価格が需要と供給によって上がり下がりするシステム。この反対のシステムが固定相場制。

・アジア金融危機……基本は固定相場制諸国通貨を売り浴びせ、変動通貨制に追い込み暴落した通貨を買い戻して差益を得る事が目的。タイ・インドネシア・マレーシア・韓国等がこの犠牲になったが、主役のヘッジファンドはこれに味をしめて次々に売り浴びせを狙うようになる。

・与党総裁選……作中でいうなら立憲政友党総裁選。なんでもアリの情け容赦無用ルールだからこそ、ここで勝つ人間が大体首相になる。で、首相になるのに無理をした人はその後で躓く。

・枢密院……天皇の諮問機関で憲法の番人なんて呼ばれる。華族制が残っているから残したけど、立ち位置はかつてのイギリス上院（最高裁）みたいなものになったのだろう。財閥解体とともに華族解体も実はこのゲーム世界の日本の問題になっている可能性が。

・外務省……青い血外交で用意された席で最高位が国連大使とかかなと思ったり。あとEU大使とかも多分華族でその下に実務者をつけているのだろうと妄想。

・大蔵省内部の汚職……別名『ノーパンしゃぶしゃぶ事件』。今回書くにあたって調べ直したところ、興味深かったのは『ノーパンしゃぶしゃぶは飲食店という扱いであり、風俗店とは異なり「飲食費として領収書を落とせる」事により、官僚の接待に利用された』という説。そうか。領収書が鍵だったのか。

・総会屋……その会社の株を買って利益を得る連中の事。物言う株主とは違うのだが、一般人にとって両者はあまり違わない。

・東京地検……東京地方検察庁。ここの特捜部が動く＝政財界スキャンダルという時代がたしかにあった。

・香港返還……中国に返還されたのが１９９７年。あまりに色々ありすぎて、陰謀論で話を作ろうにもかえってリアルっぽくならないとかつて聞いた事が。

・アジア通貨基金構想……日本版ＡＩＩＢ（アジアインフラ投資銀行）。これが成立していたらという経済版架空戦記のキーポイントの一つ。

桂華院家本邸。

瑠奈が住んでいる屋敷は別邸の一つで、本邸は迎賓館を兼ねる洋館と一族が住む本館に分かれている。

その本館の居間で、桂華院清麻呂は本を読んでいた。

「失礼します。父上。少しいかがですか？」

入ってきた息子仲麻呂の手には、ワインとグラスが二つ。

目線を下げる事で了承した清麻呂の前に仲麻呂が座る。

「めずらしいワインだな」

「十勝ワインだそうで。桂華ホテルが大々的に売り出していて、食事に合うとなかなか好評だそうですよ」

仲麻呂の言葉とともにメイドがつまみとしてスモークサーモンとチーズを持ってくる。

これも北海道製だ。ちょうど始まったワインブームの波に乗って、北海道の新鮮な食品と酒を中心に売り出していたのが桂華ホテルだった。

抱え込んだ旧北海道開拓銀行からの縁もあるが、北海道に大量にある優良資産の活用に動いたのには桂華銀行の支援があったからなのは言うまでもない。

「美味だな。あれが好きそうだった味だ。今度行われるパーティーの席で出す事にしよう」

無言でつまみとワインを楽しむ。

あれとは桂華院清麻呂の妻だった瑠璃子(るりこ)の事で、仲麻呂の母でもある彼女は亡くなって長い時間が経っていた。

仲麻呂の口が開いたのは、そこそこワインが進んでからだった。

「賢い娘ですよ。瑠奈は。こっちの仕掛けはおおよそ見抜いてる」

一族的に扱いが爆弾になっている桂華院瑠奈の処遇は、今回の一件で更に処遇が難しくなったと言っていいだろう。

彼女が何も気づいていないのならば、傀儡(かいらい)として動かし最後はどこかの名家なり財閥の御曹司に嫁がせればいい。

だが、この一件で二人は確信してしまった。

ムーンライトファンドを実質的に握っているのは瑠奈だと。

「とはいえ、うちには人が居ない。大蔵省から桂華銀行を奪い返すならば、橘(たちばな)と一条(いちじょう)の存在は外す事はできん。そして瑠奈は少なくとも独立は目指していない」

清麻呂は少し天井を眺める。妻の瑠璃子の死後に後妻をという声は一族から当然出たが、その声に耳を傾けなかったのは彼女への愛なのだろう。

その一粒種である仲麻呂は自慢の息子に育ち、近い将来桂華院家を継いでいくのだろうと清麻呂は少し誇らしく思う。

だが、瑠奈の父親である桂華院乙麻呂は庶子という事でこの家が継げずに極東グループを興した。バブル絶頂時には土地の含み益もあって、桂華グループが極東グループに乗っ取られる寸前の所まで行っていたのだ。

そこからの破滅ぶりには目を覆うばかりだが。

とにかく、バブルに踊らなかった桂華製薬を中心とした桂華グループは今も生き残っている。

その過程で公安に頭が上がらなくなり、今回の茶番だったものに繋がり、貸し借りはなしという事になったのだが。

「じゃあ、瑠奈の王子様はあの場に居た三人のうちの誰かでしょう。こちらとしては悪くない話です」

帝亜一族御曹司との結婚が決まればこれ以上ない財閥同士の結びつきだが、他の財閥や華族も黙っていないだろう。

また、大臣などを務めた国会議員は叙爵で一代華族に列せられるから、泉川議員も男爵位をもらって華族同士の結婚という悪くない結末が見える。

後藤主計局主計官の場合は一番楽で、そのまま大蔵省事務次官になるならよし。

そのまま大蔵省事務次官になるならよし。

なれなくても天下り先として桂華銀行があるから、貴重な金融工学が理解できる桂華グループの人材として扱える。

「お前はどうなんだ？　仲麻呂。兄として瑠奈の事をどう思っている？」

その一言は、瑠奈を本家の養女として扱うという宣言にほかならない。

日本においてはこういう形で養子となって本家の子女として結婚というケースがかなり昔からあったので、それについては二人共気にしていない。

気にしているのは、瑠奈の二人への好意だった。

「兄としては尽くしてやれると思いますよ。あの娘は孤独に置かれていましたからね。彼女の才は、自分が役に立つというアピールの一種でしょう」

「悪い人じゃなかったんだよ。兄は」

清麻呂はぽつりとそう漏らす。それは後悔の色がついていた。

「父に認められたくて、それでいて人を疑うという事を知らなかった。その結果桂華グループと極東グループの内部対立で、兄はそれを呆然（ぼうぜん）と眺めているだけだった。瑠奈にはそんな目にはあってほしくはないのだが……」

一族内部の不協和音も今回の一件で露呈し、一族間での統制も問題になっていた。

瑠奈を守る為（ため）には彼女を本家の娘として扱うしかなかったのだ。

「あわせない。少なくとも私が瑠奈を守ります」

そう言って仲麻呂は空のワイングラスをテーブルに置いた。

そのタイミングで清麻呂が話を変える。

「お前もそろそろ身を固める頃だろう。瑠璃子の実家である岩崎（いわざき）財閥と縁の深い侯爵家のご令嬢から話が来ているが、どうする?」

清麻呂の妻であり仲麻呂の母である桂華院瑠璃子の旧姓は岩崎瑠璃子。日本有数の巨大財閥である岩崎財閥の一企業である岩崎化学の重役を務める岩崎一族の傍流だった。

景気は未だ良いとはいえず、桂華グループは岩崎財閥との政略結婚でこの難局を乗り切る。最悪桂華グループを岩崎財閥に身売りする事も考えていたのだ。

しかし、まだ小学生でしかない瑠奈が、桂華グループ以上の巨大企業グループを形成するなんて誰が想像できただろうか？

瑠奈を守るためにも、岩崎財閥との縁は更に強くする必要があった。

父の目が酔っていない事を確認し、仲麻呂はさも当然のように淡々と言葉を吐き出す。

それが華族の務めだから。

「お受けしたいと思っています」


「守ります……か」

居間から出て仲麻呂がぽつりとつぶやく。

己の言葉だが、廊下から見える庭園を眺めて、視線をそのまま東京の摩天楼に移す。

(私ね。この風景が好きになったのよ。

私の住んでいた場所って、こんなに高いビルはなかったし、こんなに暖かくなかったから)

母を覚えていない仲麻呂を前にして、そんな事が言える人だったのを覚えている。

たとえ、伯父の嫁だったとしても、その美しい金髪と儚い姿に見とれた覚えは今も忘れられない。

初恋だったのだろう。

儚く実らない思い出だからこそ、今も忘れる事ができない。

（おねがい。

瑠奈を。

瑠奈の事を……仲麻呂くん……）

彼女は仲麻呂が何もできずに死に、その後を追うように伯父も自殺して瑠奈だけが残った。

そして仲麻呂の心には、未だ彼女との約束が残っている。

「私はあの時とは違う。せめて、瑠奈だけは幸せにしてあげないと」

後悔なのか初恋なのか仲麻呂自身にも分からない約束を彼は守ろうとする。

庭にはちらちらと雪が降り出してきた。

「あの人は雪が嫌いだったな。こっちはクリスマスが近くなって……そうか。贖罪か」

その雪からその言葉が出てきたのは、きっと彼女の思い出のせいだろう。

けれど、その言葉がすとんと腑に落ちた仲麻呂はただその雪を眺めながら、しばらく立ち続けていた。


【用語解説】

・叙爵……多分叙勲者でかなりの数の人を叙爵させている設定。

『南北統一後、北日本政府の経済再生計画が通産省によってまとめられたが、その莫大なコストに関係者は頭を抱えている。

樺太経済は、非効率な官僚制度、旧式化した設備、汚職の蔓延による社会システムの疲弊が重なっている上に、優秀な人材が次々に本土に逃れており、本土依存経済と治安悪化を招いているというのが現状だ。

この状況を重く見た政府は長期的な再建計画をまとめながら、緊急に改善点をリストアップしていく方針。

新設された樺太道庁と提携して対策を進める予定だが、その莫大な予算を……』

――１９９４年　樺太日報より

『樺太復興計画は、各財閥に樺太の資源や設備を下げ渡す見返りに、資金を提供してもらう方向で協議していると政府関係者が認めた。

特に競争力を有している樺太の重化学工業と天然ガスを巡って、岩崎財閥と淀屋橋財閥が鞘当を繰り返しているという。

政府は重化学工業を岩崎財閥に、天然ガスを淀屋橋財閥に任せる方向だが、二木財閥も手を挙げているので調整にもう少し時間がかかる見込みだ。

　また、莫大な不良債権を抱える樺太の金融機関を一元化して国有化した樺太銀行は財閥に渡せる状況になく、しばらくは政府系金融機関として運営させざるを得ない、と取材に応じてくれた政府関係者は語る。

　とはいえ、統一後のバブル崩壊で各財閥ともに財務に余力がなくなっており、野党立憲政友党からは「まずは本土経済の再生を！」と批判が……』

――１９９４年　樺太日報より

『震災と新興宗教によるテロ事件によって本土が混乱している中、樺太経済の大幅な悪化と本土への人口流出が加速している。

　一方で、犯罪者やテロ組織が樺太に逃げ込んでいるという情報もあり、警察当局は慎重に状況を見極めている。

　樺太道警察は統一後そのまま北日本政府の警察組織を引き継いだが、内部は腐敗と官僚主義により機能不全に陥っており、まずは内部の綱紀粛正から始めねばならない段階であると関係者が匿名で取材に応じてくれた。

　特にロシア系マフィアの侵食は著しく、ロシア人に間宮海峡を渡らせて旧北日本政府国民を相手に行うビジネスをはじめとして、麻薬と武器売買のルートも確立していると見られる。内調だけでなくＩＣＰＯも捜査員を派遣するなど、組織の腐敗が著しいと見られる。

ＩＣＰＯが追いかけているのは北日本政府が作らせていた偽札、通称「スーパーＪ」であり、このスーパーＪの蔓延がバブル崩壊の一因であるとまで言われている。

震災とそれに続く新興宗教のテロ事件によって、樺太全土では自衛隊の派遣と戒厳令が布告されて社会不安は一応改善の方向に向かっているが、このロシアマフィアの背後にロシアの新興財閥であるオリガルヒがいると言われ……』

——１９９５年　週刊樺太より

『北海道経済の悪化が止まらない。

バブル崩壊によるリゾート開発が不良債権に変わった上に、政府が樺太に莫大な予算を注ぎ込まざるを得ない状況で北海道への公共事業予算を削減したからだ。

特に樺太に国境が移った事で自衛隊の駐屯地の削減が政府議題に上がる昨今、それを回避させようと北海道庁の職員が霞が関や永田町を陳情して回る姿がよく見られる上に、樺太からの人口流入が治安悪化と社会不安を引き起こし、道庁の対処能力を越えているという声まで出る……』

——１９９６年　月刊経済誌財閥　北海道経済崩壊のカウントダウンより抜粋

『「北海道開拓銀行は残った」。

名前は変わるが、それは紛れもない事実だ。先の見えなかった北海道経済に見えた一筋の光。

それを成し得た桂華グループに一道民として感謝を捧げたい。

相変わらず経済環境は良くはなく、銀行強盗の犯人がロシア製の銃で武装して銃撃戦が起こったりする事件が紙面を賑わせているが……』

――1997年　両道新聞　読者の声より

『樺太の資源ビジネスが加速している。

樺太から産出される天然ガスを利用した火力発電所建設事業が政府支援の下で発足したからだ。建設の候補地として選定されたのは、北海道の石狩湾河口付近と、山形県酒田市、新潟県新潟市の三つで、火力発電所を中心とした化学コンビナート構想として整備建設する予定である。

この事業に全面的に手を出しているのが、樺太に深入りしている岩崎財閥御三家の岩崎商事と資源開発事業に強みがあった淀屋橋商事であり、昨今不良債権処理で一気に名前を売った桂華グループ入りした松野貿易である。

一方で、この天然ガス事業は樺太から産出される量では採算が合わないと言われており、今は閉じられているが間宮海峡に敷設されたロシアと樺太のパイプラインを再開通させてロシア産の天然ガスを購入するべきではという声も出ている。

アジア通貨危機の影響で資源価格は暴落しており、外貨獲得の為にロシア政府とオリガルヒが手を組んでこれらの財閥に働きかけているという声が……』

――1998年　樺太経済新聞より

『樺太で中華系の人達を多く見るようになった。

彼らの言葉を聞くと、広東語。

彼らは元香港人で、香港返還に伴って香港から逃れてきたのだと言う。

華僑ネットワークの一つとして樺太に根付いたのは、南日本が勝った時に日本人になれるという狙いがあったからだと聞く。

事実、改善傾向にあるが未だ治安が良いとは言えない樺太は、逃亡先として有望なだけでなく、アジアのブラックマーケットが行っているマネー・ロンダリングの終点地としても機能してきた。

麻薬・武器・賭博・売春などによる資金は一旦香港で洗浄され、更にそれが樺太に送られる事で、最終的にいわゆる「汚い金」が天然資源の形で国に返るという流れである。

このネットワークは香港マフィアとロシアマフィアが取り仕切っており、香港返還に伴うパワーバランスの変化……』

――1998年　週刊樺太より

【用語解説】
・樺太銀行……書いて気づいた樺太の金融機関。旧北日本政府の中央銀行。
・95年の震災と新興宗教のテロ……阪神・淡路大震災とオウム真理教事件。
・スーパーJ……スーパーノート。元ネタは北朝鮮製の偽ドル札。

藤堂長吉とラッキーストライク

藤堂長吉の人生で忘れられない光景がある。

「忘れるんじゃないぞ。こいつがないと、国が死ぬんだ。海を越えて故郷に運んだ上に、精製して必要な所に運ぶ。手間のかかる女のようなものさ」

仕事を教えてくれた師匠はそんな事を適当な顔で言う。

山師なんてもんはろくな商売ではない。

満州。黒竜江省。

内陸だけあって寒暖の差が激しい。

「本当にあるんですか？」

「ある。米国から来た調査団にもお墨付きをもらった。機材も国産のポンコツではなく、米国製の高性能のやつだ。絶対にある!!」

その顔には狂気すらあった。

大陸浪人としてこの地にて石油を追い求め、第二次大戦ではその知見からパレンバンの石油施設で働いたという筋金入りの山師の夢であり人生最後の賭け。

それがこの満州の油田開発だった。

一方の藤堂長吉からすれば、この政情不安定な状況での油田開発など正気の沙汰ではなかった。

だが、国共内戦で敗走している国民党軍が逃げ込む所は満州しかなく、資本主義の防波堤としての満州の価値は上がろうとしていた。

価値が上がった時に油田が発見されたら、欧米の石油メジャーが権益を全部掻っ攫いかねない。

藤堂が就職した岩崎商事は全部持っていかれるならばという訳で、満州統治時代の地の利とノウハウを取引材料に３：７の合同事業に持ち込んだのだ。

第二次大戦で連合国側に降伏した上に寝返った為に発言力が低下した日本の財閥にとって、この３：７というレートがいかに大勝利なのかは言うまでもない。

もっとも、そのレートに落ち着いたのは米国側もあまり本気でなかったという面もあったのだが。

帝大を卒業した藤堂がそんな事業にこの山師と組まされて取り組んでいる理由は、財閥内部の閨閥から外れていたからだ。

あやしい山師の話にこの財閥が乗ったのも、内地引き上げの際に山師の世話になった閨閥の人間が居たとかなんとかで。

満州戦争が終わって国共内戦で荒れているこの地に来たがる閨閥エリートは居なかった。

「戦争も終わり、石油も米国から輸入できるようになった。わざわざ掘らなくていいじゃないですか」

「馬鹿言え。その石油を止められたから、この国は戦争に追い込まれて負けたんだ。自前で油田があれば、戦争なんてしなかっただろうよ！」

寒さを我慢するために煙草を咥える。

現場が現場なので火はつけない。

一本寄越せと手招きする山師に煙草の箱ごと投げる。

米国の国民党支援物資の横流し品である『ラッキーストライク』。

それを見て山師は笑った。

この煙草の由来が、ゴールドラッシュで金鉱を掘り当てた者が言ったスラングだったのだから。

山師はその箱から一本煙草を取り出して、藤堂と同じように咥えて笑う。

「馬鹿だな。自分の手で見つけるのが楽しいんだろうが。そして故郷に錦を飾るんだよ」

藤堂が何かを言う前に、轟音とともに油井から黒い水が噴き出る。

泥ではない。

「ハハハッ！　見ろ！　本当に出やがった!!　どうだ！　やったぞ！　俺はやったんだ！！！」

噴き出た泥と油に体を汚されながら山師は笑う。

彼の夢の、執念の勝利に藤堂は見とれた。

(俺もそんな顔ができるのだろうか？)

それが彼の仕事の原点となった。

この時の二人は知らない。

大慶油田と名付けられるこの油田が、極東情勢に決定的な影響を与える事を。

国共内戦で敗走した国民党軍を追って満州に攻め込んだ共産党軍を日米の介入で追い払う格好の大義名分になるという事を。

そして、二人の人生は分かれる。

藤堂はこの満州の油田の現場監督からキャリアをスタートして、この石油を日本に運ぶ仕事をする羽目になり、その過程で日本国内のコンビナート整備や、東南アジアや中東の原油開発や輸送に携わることになる。

山師は個人としては大金を日米の企業からせしめて故郷に錦を飾ったと言うが、晩年は幸せではなかった。

成金よろしく金遣いが荒くなり、怪しい連中にその金を狙われて、最後はのたれ死んだという。

そんな山師が満州の現地の女性に産ませた娘が藤堂の妻となったのは、葬儀の席で残ってもいない山師の財産目当てに責められていた彼女を助けた事から始まっている。

死ぬ前の山師が娘に渡してやれたのは、古ぼけたラッキーストライクの空箱。

あの油田発見時の煙草だけだったのだ。

閨閥からは閨閥子女の見合い話が舞い込んでいたのに、それを蹴った彼に出世の道は残っていなかった。

岩崎商事を退職した彼を拾ったのが、橘隆二(たちばなりゅうじ)。

橘隆二の居た桂華院(けいかいん)家は当主の桂華院清麻呂(きよまろ)が岩崎化学の重役筋の娘と婚姻した縁もあって、桂華化学工業と岩崎化学が業務提携をしていた。

また、桂華製薬時代に香港(ホンコン)で暴れた彼はその縁で山師と知り合い、石油に詳しく岩崎商事を追われる事になった藤堂を桂華商会に来ないかと誘い、好き勝手ができる事を条件に桂華商会に再就職させる事になる。

そして、藤堂は彼の夢に出会う。

「はじめまして。藤堂長吉と申します。前は財閥系商社で資源調達部長をしておりました。今は、橘さんの紹介で桂華商会の相談役みたいな事をしております」

彼女に、桂華院瑠奈(るな)に会った時、思ったのはあの満州の油田開発現場だった。

まったく両極端のはずなのに、このお嬢様の顔がかつての山師に見えて仕方ない。

ポケットに入れていたラッキーストライクを取り出そうとして自制する。

「いいじゃない。それ、やりましょうか?」

「また気楽に言いますね。単独で手を出すなら数千億円規模ですよ?」

彼女が何をやったか橘経由で知っているし、自らも裏とりをした。

その上で彼女の笑みに、決断に見惚(みと)れた。

彼女の笑みが、あの山師とかぶって見える。

(馬鹿だな。自分の手で見つけるのが楽しいんだろうが)

あの山師の言葉を思い出す。

藤堂の口から言葉は自然に出ていた。

「今、苦境にある総合商社。下位で良いですから、お嬢様の手で買えませんか?」

東京都芝浦区松野貿易本社。

そこの社長室に藤堂は座る。

妻は社長になったと言われてもあまりピンと来ず、大人になった子供達は孫達の小遣いが増えるぐらいにしか考えていないあたり、彼も山師の空気にあてられたのだなと今更ながら思う。

テーブルの見える所にラッキーストライクの箱を置く。

それは彼の原点であり夢の欠片。

「お祝いに来たわよ。社長就任おめでとう」

「ありがとうございます。お嬢様」

花束を手渡すお嬢様は目ざとくラッキーストライクの箱を見つける。

そして、机の上に灰皿がない事に気づく。

そういう目ざとさがあの山師によく似ているななんて思うが、藤堂はそれを口に出さない。

「その煙草の箱は何？」

「私のお守りみたいなものですよ。ラッキーストライク。その由来は……」

本当の金持ちは買い物に行かない。

デパートの外商部の人が屋敷にやってくるからだ。

とはいえ、現在お金持ちとはいえ庶民な前世持ちの私なので、買い物には当然行きたい訳でして。

執事の橘（たちばな）と新しい護衛をつけて池袋のデパートにショッピングと洒落込（しゃれこ）んだのである。

こんな出会い系イベントがあると知っていたら、行かなかったのだが。

「わぁ。人がいっぱいいね♪」

季節は冬。

クリスマスシーズン真（ま）っ只中（ただなか）である。

桂華銀行を使った不良債権処理が進んでいる事もあって、現在の株価はアジア金融危機の最中というのに二万円台を維持していた。

財閥が残っている事で強固な持合で株価が下がりきらないのと、日本の金融護送船団が表向きは無事に進んでいるので、アジア金融危機におけるマネーの避難先の一つに選ばれたからだ。

そのせいか、人々も消費税による不景気は感じているが、パニックには至っていない。

「それでは、お嬢様。今日は何をお探しに？」

営業スマイルで外商部の担当が私に尋ねる。

お忍びというか、ウィンドウショッピングの気分だったから担当はいらないのだけど、桂華院家のお嬢様なんて上客を放置する百貨店は百貨店ではない。

ましてや、不良債権処理で身売り中で、その救済に名乗り出た桂華銀行の要人がやってきているのだから。

橘の事で、あくまで私は橘の操り人形というふりである。

戦後財閥の雄である帝西鉄道は、その創業者の死後に兄弟間で分割相続がなされて、その一つがこの帝西百貨店グループである。

百貨店からスーパーやコンビニを持ち、バブル期には帝西鉄道グループと重複するホテルや不動産に手を出し、それが致命傷となった。

その不良債権の金額はおよそ一兆七千五百億円。

帝西百貨店にとって不幸だった点に、メインバンクの一つであるＤＫ銀行が総会屋事件で身動きがとれず、動けるのが桂華銀行しか残っていなかったというのがある。

桂華銀行もこの財閥丸ごとの救済は無理と判断し、桂華ルールで不良債権を再建処理機構に送り、残った部分を買収するというスキームが取られる事になる。

それでも、中堅財閥の桂華グループ以上の規模になるからこの救済に懐疑的な意見も多い。

「そうねぇ。とりあえずは、時計でも探そうかなって。懐中時計」

懐中時計を持つ小学生というのも、なかなかいやなものである。

とはいえ、機械式のあのチクタクという音は嫌いではなかった。

『時計は高級なものを持て』という話を聞いた事はないだろうか？

社会人の嗜み(たしな)という話だがその実は、質屋で換金しやすい手持ち財産としての側面がある。

「それでしたら、お嬢様。こちらの品はどうでしょう？」

差し出されたのは銀の懐中時計。

シンプルなのが良い。

スターリングシルバーの懐中時計で、蓋の中に刻印が可能となっているのも好みだ。

お値段六桁なり。

「うちの家紋を入れましょうか。身分証明になるわね」

ほとんど印籠扱いである。

なお、桂華院家の家紋は『月に桜』である。

「ねぇ。あなた。モデルになってみる気はない？」

どこからやって来た？　こいつ。

こっちのジト目なんか気にせず、その男性は指で四角を作って私を捉えたまま、まったく人の話を聞こうとせずにまくしたてたのだった。

「その時計を選ぶセンスはいいわ。けど着ている服がだめ。たしか、ここが用意したプリンセスドレスがあるからそれを着て頂戴。その時計は持っていっていいわよ」

「あの先生。こちらの方は……」

慌てた外商部の人が私の正体を告げようとするが、その彼を手で拒絶する。

橘にいたってはこの狼藉者(ろうぜきもの)と不機嫌を隠そうとしない。

「何よ。帝西百貨店の将来を決める冬のキャンペーンを撮りたいというのだから私を呼んだのでしょう？　だったら私の好きにさせなさい！　この娘はきっと、この百貨店の将来を決めるわよ！」

ある意味間違ってはいない。現在絶賛破滅方向に爆走中だが。

思わず素で声が出た。

「あなた、私の何を知っているって言うのよ？」

「何も知らないわよ。ただ、あなたがいい女になるって事だけしか知らない。それで十分でしょう？」

呆(あき)れて笑いたくなり、そして負けを認めた。

芸術家だからこそ、自分の世界にこだわりを持つ。

そして、相手の事などお構いなしに、色々な物言いができるというのは、それだけの実績を積み上げているカメラマンという事だ。

「橘。負けよ。負け」

「しかし、お嬢様……」

「帝西百貨店はこの人に賭け、この人は私に賭けた。見る目がある人みたいだから、私達(たち)も賭けましょう」

なんて事を言っているが、ここで帝西百貨店が傾くと救済する桂華銀行にも迷惑が行くのだ。

アジア金融危機と大蔵省のスキャンダルで金融行政が脳死しているこのタイミングで、一兆七千五百億円もの不良債権が炸裂するなんて悪夢は見たくない。

下手すればというか、確実にＤＫ銀行がぶっ飛ぶ。

私のため息なんて気にせず、先生と呼ばれたカメラマンは胸を張った。

「ほら。この娘いい女だったでしょう？」

すげぇぶん殴りたいのだが。


「なぁ。瑠奈……」

「桂華院さん……」

「桂華院……」

言わないで。分かっているから。というか他の生徒もヒソヒソと視線をこっちに向けていたり。

仕方なかったのよ！

帝西百貨店グループ冬のキャンペーン
――欲しい物はありましたか？　小さな女王様――
私のあだ名が『小さな女王様』に決定した瞬間である。
帝西百貨店グループのデパート・スーパー・コンビニ各店に一斉にはられたポスターには、プリンセスドレス姿で王座にちょこんと座り挑発的な目で懐中時計を手に取る私の姿が写っていた。

　このキャンペーン、近年稀に見る大成功を収めたらしい。

　それ以後、ちょくちょくこの先生は私をモデルにとやってきて困らせるのだがそれは別の話。


　バレンタイン。

　お菓子業界の陰謀とか、乙女の決戦日とか言われるこのイベントだが、帝都学習館初等部でもそれは変わらない。

　というか、なまじ華族やエリートや財閥子息が通っているだけに、その競争は苛烈になる傾向がある。

「なあ。瑠奈……」

「あの、桂華院さん？」

「桂華院？」

　栄一くん、裕次郎くん、光也くん三人の手に乗っているのはチョコレート。

　価格は五円なり。

　なお、男女関係なくクラス全員にばらまいたものである。

「高いものをあげて、高いものを返すなんてつまらないでしょう？　だからゲームをしましょう♪」

私はいたずらっぽくウインクをする。

この手の庶民感覚の話は主人公が出てきてからが本番なのだが、色々と是正ぐらいはしてやろうという心づもりである。

何だかんだでこの三人とつるんでいる事も多いしね。

「私は、ホワイトデーにおいてお礼は三倍までしか受け取りません！」

三人の顔から血の気が引いた。

バレンタインデーでよく聞かれる三倍返しルールである。

だけど、こういう形で元の価格を提示すると、なかなかスリリングな知的ゲームに変わる。

「まてまてまて。三倍って事は十五円か!?」

「また十五円ってのが憎たらしいよね。十円のお返しなら考えつくけど、五円余っちゃう」

「桂華院の事だ。十円で返しても問題はないだろうが……」

互いをちらと確認する男子三人。

ゲーム内でもよく出ていたが、この三人基本的に負けず嫌いである。

そこで私は胸を張って挑発する。

「まぁ、気持ちの問題よ。正直お礼ならば何でもいいわよ♪」

そこではいそうですかといかないのが男の子である。

負けず嫌いと女の子への見栄（みえ）とロマンで構成されるのが男の子という生き物なのだ。

三人の間に走った緊張を私は見逃さなかった。

「なるほどな。何を返すかという勝負という訳だ」

「で、桂華院さんが審判役と」

「十五円以内で桂華院を満足させるものを用意しろか」

なお、橘や一条(いちじょう)にも同じルールで五円チョコを渡したのだが、彼らは、

「大人で裕福な人がお金を使わないと誰が経済を回しましょうか？」

と私をたしなめた上で、感謝の言葉と高価なものを用意すると言い切った。

できる大人である。

ついでに言うと、仲麻呂(なかまろ)お兄様は感謝の言葉を十五円と冗談ぽくこんな事を言うあたり、財閥の御曹司である。

「瑠奈。覚えておくといいよ。感謝の言葉と謝罪の言葉は基本タダなんだよ」

と。

そんな感じで実に世知辛い大人の塩対応ではないものを期待しての事である。

「よし乗った！」

「ぼくもやる事にしよう。なかなか楽しそうだし」

「頭の体操にはなるな。一ヶ月後を楽しみにして待っていろ」

そんな三人のやり取りを微笑(ほほえ)ましく眺める私と、彼らから断罪される私の姿が重ならない。

それでも、彼らとは断罪されるまでは良い関係を続けていけたらとは素直に思った。

そんなやり取りをした一ヶ月後。

みんなからやってきたホワイトデーのお礼は、ガムとか飴玉とかビスケットとかだった。

なかなかみんなも考えるもので、三十円のビスケットを半分くれるなんて技で私にお返しをする人もいたり。

あと、宝物と言ってセミの抜け殻はノーサンキュー。

それとは別に、最初にやってきたのは光也くんだった。

「桂華院。これ」

光也くんから渡されたのは一つの紙。多分ノートを切り取ったものなのだろう。

見ると『十五円分何でもする券』というある意味期待していたものが返ってきた。

「うんうん。こういうのが欲しかったのよ。私は。ありがとうね♪」

満面の笑みでその紙を受け取る。

この手の紙を使用する場合、こっちが十五円の価値を考えないといけないというのがポイント。

これで有効期限までついていたらなお良かったのだが、そこまで求めるのは酷だろう。

「桂華院さん。お返し。どうぞ」

次にやってきたのは裕次郎くんで、用意してきたのは手にいっぱいのビー玉だった。

美少年の笑顔がつくと、ビー玉でも宝石に変わろうというもの。

「うまい手よね。元の価格が分からないけど、確実に安いと分かるからやっぱりこっちで価値を決めないといけない訳だ」

一個十円かな？　二個でまけてもらって十五円かな？

そんな事を考えながら、私はビー玉を二つ手にとった。

「ちなみに、その色をとった理由は？」

裕次郎くんが笑顔のまま尋ねて、私はそのビー玉を光にかざして微笑む。

「なんとなく。それじゃだめ？」

「まさか」

子供らしい宝物が手に入った。

せっかくだから子供の宝箱の定番であるお菓子箱を用意して、その中に大切に保管しておこう。

たとえ私が断罪されて破滅したとしても、見逃してもらえるような大事な大事な宝物達。

「で、俺の番という訳だな！　十五円という制約の中で、最高のものを用意したぞ！　これだ!!」

という訳で栄一くんが持ってきたのは一枚の紙。

「っ!?」

「うわ。栄一くん趣旨を理解してない」

「帝亜(ていあ)。間違ってはないが、間違っているぞ」

その紙に書かれていたのは、彼のサイン入りでスケッチされた授業中の私の肖像画だった。

もちろん、習い事もばっちしだった栄一くんだから、そのアール・ヌーヴォー風に装飾されて気だるそうに授業を受けている私の姿が実に見事に描かれていた。

「栄一くんのばかっ！」

「なんでだ!?」

試しに鑑定してみたら、さらりと六桁提示されましたがどうしてくれよう……


良家の子女ともなると、そこそこ芸術のスキルについては詳しくならざるを得ない。

そこは放置気味の桂華院家と言えども手は抜かず、転生先の悪役令嬢がハイスペックだった事もあって今の所はぼろが出ないようにしている。

そんな訳で、私が気に入ったのはクラシックだった。

「何だ。瑠奈も来ていたのか？」

「栄一くんも来ていたの？　あー。納得」

チケットを確認すると、帝亜シンフォニーホールで帝亜国際フィルハーモニー管弦楽団の特別演奏会。帝亜グループのメセナ事業なのだ。これは。

で、当然御曹司のご出馬と相成ったと。

「ん？　招待席じゃないのか？」

私のチケットを見た栄一くんが席番に気づく。

そりゃそうだ。貴賓席とか招待席で挨拶を受けながら聞くのは堅苦しいからだ。

橘に頼んで上流階級の予約席だが、できるだけ端をとったのはそんな心遣いだったりする。

ドレスコードはクリアする程度の衣装なのも同じ理由だ。

「そうよ。趣味だからこっそり静かに聞くのが、クラシックの嗜みってものよ」

「ふーん。そうか」

明らかに分かっていない顔で栄一くんは付き人を呼び寄せる。

あ。

これは厄介事の予感がする。

「こいつの席を俺の隣にしてくれ。桂華院家の桂華院瑠奈だ」

向こうの付き人も私の事を知っていたらしい。

何も言わずに一礼して去ってゆく。

「ちょっと。こっそり静かにと言った私の言葉聞こえなかった？」

私の抗議に栄一くんは手を合わせるという珍しい事をしてみせた。

そして、実にいやいやながらも彼は私に助けを求めたのである。

「頼む。瑠奈。俺、クラシックが実は退屈で苦手なんだ」

俺様キャラの栄一くんのめずらしい弱音にため息を一つ。

「貸し一つだからね。あと、貴賓席に入れるドレスを用意して」

「お嬢様。実は既に用意しておりますので、お着替えを」

橘。あんた、こうなる事を察していたな？

栄一くんの為(ため)に用意された貴賓席はホール中央のボックス席だった。

今日の公演はビゼーの『カルメン』『アルルの女』組曲である。

公演時間も一時間程度で、オペラが元になった事もあって派手なのから静かなのまで飽きさせない。ただ聞くだけではつまらない栄一くんに曲の間に少しずつ解説を入れてゆく。

「オペラなんだ。これ?」

「ええ。正確には、『カルメン』と『アルルの女』という二つのオペラね。それを組曲としてまとめ直したのよ」

なお、オペラとしては両方とも救いのない物語だったりする。

『カルメン』は、カルメンに惚(ほ)れたドン・ホセの転落の物語で、最後はドン・ホセがカルメンを刺し殺すというやりきれなさ。

『アルルの女』は、アルルの女に惚れたフレデリの狂気と破滅の物語である。

何が救いがないかと言うと、そんな破滅系物語なのに、南欧風の明るさと爽やかさが全体を覆っているのだ。

だから、最初音楽にハマってオペラを見てドン引きした事が。

「ファム・ファタールか」

「……そうね。そのとおりよ」

何という皮肉だ。

気づいてしまった。

この生が乙女ゲームの設定の生ならば、私はファム・ファタールという主人公によって破滅させられるのだから。

どうりでこの曲が気に入ったわけだ。

「これは聞いた事あるな」

「『闘牛士の歌』でしょ？　よく流れているわね」

「たしかに聞いてて飽きないな」

「時代背景を知るともっと楽しくなるわよ。闘牛士ってのはこの時期の花形スターで……」

「何でドン・ホセはカルメンに惚れたんだ？」

「オペラだと改変されているけど、バスクの民族問題が絡んでいるのよね。女性の社会進出やロマ達も含めて今の欧州でも解決していない闇……」

気づいてみたら、栄一くんも自然と体がリズムを取っていた。

「これも聞いた事あるな」

「『メヌエット』でしょう？　朝に流している所とかあるわね」

曲が終わり、拍手がホールに轟(とどろ)く。

そこから観客も帰るのだが、今出ると確実に巻き込まれるから、時間のある上流階級は遅れて出てゆく。

「悪くないな」

「でしょう♪」

栄一くんはどうやら満足してくれたらしい。

なお、こいつ高校時代の趣味にちゃんとクラシックが入っていたりする。

「何かお気に入りの曲はあった?」

「やっぱり『闘牛士の歌』かな。あと最後の曲は派手で好きだった」

「『アルルの女』第2組曲の『ファランドール』ね。始めと終わりが派手だから好きなのよ。この曲は」

「瑠奈は何か気に入った曲はあったのか?」

栄一くんの質問に少し首をかしげて答える。

本当にどれも好きだから、選ぶとしたらこれかなと思った。

「『カルメン』第2組曲の『夜想曲』かな。これは歌詞を覚えるぐらい好きなのよ」

「あれ歌がついているのか?」

「ええ。こんな感じの歌よ」

ありがとう悪役令嬢のチートボディ。

ありがとう悪役令嬢のチートスペック。

そこから出た歌はコンサートホールという事を忘れて、かなり高らかに響いた。

「~♪」

失敗だったのは、己の声がかなり響いた事と、私が何を歌っているか察した連中が居た事。

伴奏がついた事であとに引けなくなる。

そりゃそうだ。

今演奏していた曲なのだから。

そして、観客もまだ帰りきっていなかった事から、サプライズアンコールと捉えられてしまっていた。

こうなるともう引けない。

全身全霊全力で歌いきる。


夜想曲を。いや、ミカエラのアリアを。


およそ七分ほどの長い長い時間が終わった。

割れんばかりの拍手が歌い終わってから轟いたが、私はその余韻に浸る余裕はなかった。

汗びっしょり。

吐く息も荒くなったが、栄一くんは万雷の拍手ではなくただ目を輝かせて私の為に手を叩（たた）いてくれた。

少しだけ鼓動が速くなったのは、歌いきったせいだろうと私はごまかした。


人の真価は落ち目の時にこそ分かる。

大蔵省のスキャンダルに巻き込まれて大蔵大臣を辞職した泉川（いずみかわ）議員のパーティーは、身内を集め

て地元の泉川家の自宅でささやかに行われていた。

「これは桂華院様。よくぞいらしてくださいました」

「招待状をもらったからね。裕次郎くんはどこ？」

政治家のパーティーというのはいくつかの種類がある。

よくみんなが知っているのが政治資金を集める為のパーティーで、パーティー券の価格の何割かがその議員の政治資金となる。

このあいだうちのアクトレス号を借りてやったパーティーなんかがそれだ。

今回のケースは地元の名士や有力者を招いての宴で、本当に身内しか呼ばれないパーティーで、その目的は選挙組織の引き締めにある。

「あちらに。よろしければ、お呼びしますが？」

秘書の気遣いに私はかるく一礼してそれを断る。

差出人が裕次郎くんとはいえ、パーティーの主役は泉川議員だからだ。

「先に裕次郎くんのお父様に挨拶しておきたいわ」

「かしこまりました」

武家屋敷の和風宴会場の真ん中を私は歩く。

泉川家は武家の末裔（まつえい）で、地元では名士として名が通っている。

政治家一家らしく、その貢献から歴代当主は一代男爵位をもらっていたりする。

一代男爵位がある意味継承されている問題は、地味に枢密院制度の問題になっていたりするが、ひとまず置いておこう。

私の姿が客人たちの話題になるのも仕事の一つである。

それは、桂華院家は泉川家をないがしろにしないというメッセージなのだから。

「やぁ。小さな女王様。なかなかのご活躍じゃないか」

「お久しぶりです。泉川のおじさま。今、選挙があったら私は当選してしまいますわ♪」

その大人ぶった物言いに泉川議員だけでなく参列客からも笑いが起きる。

この年は参議院選挙がある年で、今回のパーティーは地元参議院選挙区で与党を勝たせる為に参議院候補者をどうするかを決める席でもあったのだ。

パーティーの主役である泉川辰ノ助議員は衆議院だが、長男の泉川太一郎氏の参議院選出馬を考えていた。

ここの参議院選挙区の定数は二。

野党系候補者が一人と、与党系現職がすでに立候補を決めて運動をしていた。

なお、私が知っている結果だとこの選挙は与党系がまさかの敗北に終わり、現内閣は総辞職に追い込まれる事になるのだが。

「それは頼もしいな。君が立候補できる年になったら、私か太一郎に声をかけてくれ。席を用意しようじゃないか」

「考えておきますわ。もっとも、まだ先の話ですけどね。裕次郎くんはどちらに？」

「ああ。少し席を外して星を見ているはずだ。よかったら行ってやってくれ」

「はい。では失礼いたしますわ」

一礼して去る前にちらりと裕次郎くんの兄である太一郎氏の顔を見る。

線が細くて目がきつい感じがした。

たしか、ゲームでは彼は落選し、それが致命打になって総辞職後の総裁選に泉川議員は負ける結果になる。

派閥内部と選挙区で力を落とした彼は次の選挙に出ずに引退し、泉川家では兄弟間で地盤を巡るお家騒動が発生。

裕次郎くんが泉川家を背負うというかなりハードな設定だったはずだ。

彼はゲーム内では十八歳だから、被選挙権が得られる二十五歳まで動けないのだ。

彼のルートは、若くしてお家を継いだにもかかわらず、表で働けない彼の苦悩と孤独のストーリーでもある。

「寒いわね。星なんか見て楽しい？」

一人庭で佇（たたず）んでいた裕次郎くんに私は声をかける。

吐く息が白い。

春が近いとはいえ、まだまだ私も裕次郎くんも冬着だった。

「北極星を眺めていたんだ。何年も何千年も何万年もずっとあの場所でひっそりと佇んでいるのは寂しくないのかなってね」

なかなか詩人な言い方だが、彼は少し学校での立場が悪くなっていた。

何しろ現職大臣の引責辞任という大スキャンダルである。

そういう所は単純で純粋であるからこそ、子供の方が敏感である。

それだと光也くんも立ち位置的には孤立するのだが、そもそも彼は最初から孤立していた……げふんげふん。

「さあね。私は星じゃないからそのあたりは分からないけど。私なんて輝き過ぎて、みんなから避けられちゃうのよ。ひどくない？」

その理論でいくと、庶子系で東側と繋(つな)がった上に大量の不良債権を残して両親が死んだ私なんて、文字通りのぼっちである。

だが、明日香(あすか)ちゃんや蛍(ほたる)ちゃん達と友達となった事でその女子グループに参加していた。

精神年齢が高い事もあって、女子達の間ではいつの間にか取りまとめ役をやる事もしばしば。

完璧な異物だからこそ扱いに困り、排除という選択肢より中立という選択肢をみんなが選ぶのだ。

まぁ、この年ではまだ色恋が絡まないからの関係とも言えるが。

女は男が絡めば、笑顔で友を売る。

「けど桂華院さんらしいよ」

「らしいって何よ！　らしいって!?」

「ごめん。ごめん」

寒空の中二人して笑い合う。

そのまま冬の星座を眺める。

「ごめんね。父が僕の名前で招待状を出したみたいで」

「謝るのはこっちの方よ。前のパーティーで迷惑かけたじゃない。それで貸し借りなしよ」

そして二人して笑う。

寒くなってきたのか体が震えた私に、裕次郎くんは水筒から湯気の出る飲み物を差し出す。

香りで分かる。

ロイヤルミルクティーだ。

「どうぞ」

「ありがとう。っ！」

「熱いから気をつけてね」

「もう少し早く言ってよ！　裕次郎くんにこんな趣味があるなんて知らなかったわ。今度みんなで星を見に行きましょう♪」

ふーふーしながらロイヤルミルクティーを飲む私に裕次郎くんが苦笑する。

その声と目に若干の諦めがあった。

「桂華院さんが来てくれただけでもありがたいよ。あとこんな寒空に誰が付き合ってくれるのやら……」

裕次郎くんの言葉が止まる。

あまいな。裕次郎くん。

そんな気遣い、あいつが気づく訳ないだろうが。

「おーい！　捜したぞ！　裕次郎。なんだ。瑠奈もいたのか」

「なんだとはなによ！」

「しかし寒いな。泉川と桂華院は何をしているんだ？」

「星を見ていたのよ♪」

もちろん、栄一くんと光也くんに行く事を告げたのは私だ。

大人達は断る方向だったが、私という理由があった為に二人の参加をしぶしぶ認めたという事なのだろう。

ちらりと裕次郎くんを見たら、彼が目をこすっていたのを見逃さなかった。

「裕次郎くんに星を教えてもらったの。ほら！　あれが北極星!!」

私は自信満々に空の星を指さす。

私の笑顔と高らかな声に裕次郎くんはいつもの穏やかな笑みを浮かべて一言。

「桂華院さん。北極星はあっち」

え……

「ちなみに北極星って動いているらしいぞ」

「嘘(うそ)っ!?」

私に突っ込む栄一くんと愕然(がくぜん)とする私のやり取りを見て笑う裕次郎くんを見て私は確信した。

知っていたわね。この事を。

「正しい事が全てじゃないさ。けど、この言い回しは気に入っただろう?」

目で文句を言っていた私にそう言ってウインクした裕次郎くんに私は黙り込む。

あんた、立派な政治家になれるよ。


帝都学習館学園は、華族や財閥の御曹司が通う学校だけあって都内にかなり大きな敷地を持っている。

その校門には桜並木が植えられており、春になれば桜が在校生を出迎える。

桜はちょうど見頃で、私は少し早く家を出てちょっとしたお花見と洒落込む事にした。

その桜並木では先客が一人佇んでいた。

「おはよう。桂華院。桜を眺めていたのか?」

「ええ。綺麗だなって思って」

桜並木の中央に立った光也くんは桜に連れ去られるかのように美しく、そして儚かった。

そんな彼の隣で私も桜並木を眺める。

青空の下程よいそよ風が光也くんと私の髪を揺らし、はらはらと花びらが舞い落ちてゆく。

それはなにかの舞踏のようで、日本人の多くが桜を好むのも納得するなと思ってしまう。

「知ってる? 桜の下に何か埋まっているって」

「梶井基次郎『桜の樹の下には』だろう? 桂華院も読んでいたのか」

そしてそのまま会話が途切れるが、その沈黙は嫌いではなかった。

金髪についた桜色の花びらを摘んでその手を離す。

「近代文学の文豪達って結構好きなのよね。その生き方とか」

「……本気か？」

怪訝そうな目で見る光也くん。

当時の文豪達の生き様はなかなかダメ人間な生き方が多かったのだ。

それでも彼らは、ペンから吐き出された文章というものによって肯定された。

圧倒的な芸術というものは、善悪や道徳を吹き飛ばす凄さがある。

私はそれを太宰治の『走れメロス』で思い知った。

『走れメロス』の元ネタとは提示されていないが、絶対に影響あっただろうよ。

宿代払えなくなって友人を借金の形に宿においていった太宰治先生よぉ。

話がそれた。

「私は近代日本文学の文豪達で誰か一人の作品をあげるならば、芥川龍之介の『杜子春』を推すわね」

杜子春が大金を得て散財して没落するが、没落時の人の冷たさに愛想をつかして仙人になろうとした話だ。その修行で、杜子春は母への思いを捨てることができなかった。

まだどこかでこの生を借り物と考えている私がいて、そんな私に芥川龍之介の『杜子春』は人間らしい生き方とは何かを突きつけてくれた一冊である。

これから私は莫大な富を得る事が確定しているのだから。

「俺は新美南吉の『ごん狐』かな」

悪さをしたごん狐が反省して人の役に立とうとしたが人によって撃ち殺され、その善行は死んで初めて露見するという実に救いのない話である。

困った事に、こんな事がこの世の中ありふれているからまた救いがない。

光也くんは唯我独尊系ぼっちだから、そんな彼が選ぶ物語とは少し違うなと私は違和感を感じた。

「またどうして?」

「現実って救いがないなって教訓話としてこれ以上ないから」

小学生がする会話ではないな。改めて思うと。

互いにランドセルを背負っているのが、かえって滑稽に映る。

「もしかしてだけど、光也くんは大人になりたいと思っているの?」

「また唐突だな」

「大人びている、いや、大人になろうとしている。そんな風に思っただけ」

私の言い方が気に入ったのか、光也くんは少し笑って、私の質問に首を縦に振った。

その言葉に決意が宿っている。

「そうだな。早く大人になりたいと思っている」

「もったいないなぁ。子供である時間って貴重なものよ」

「帝西百貨店グループの顔になったお前が言っても説得力はまったくないな」

ですよねー。

そこで口を閉ざす私に光也くんは己の思いを口に出した。

「ここ最近父が帰ってくるのが遅いんだ。例の事件でいろいろ大変らしく、朝早くから夜遅くまで仕事漬け。顔すら見ない事が多くなっている。何もできないのがもどかしくて、何か両親の手伝いができたらと思うけど、結局俺にできるのは勉強だけだ」

何もできないというもどかしさが分かってしまうからこそ、早く大人になりたいのだ。けど、親の心子知らずで、親からすれば子供が子供らしく育つだけで嬉しいものという事を光也くんは理解できない。

私も前世でこれを理解して、やっと大人になったと思ったものだ。

「いいんじゃない？　私なんて、両親は桜の樹の下よ」

あっさりと言った私に光也くんはバツの悪そうな顔をして謝る。

「すまない。桂華院。軽率な発言だった」

「いいわよ。そんな事もあって、なんだか私の生は宙に浮いている感じがするのよ。もし私が杜子春と同じ場所に立った時、私は声をだす事ができるのか？　正直、分からないのよ」

風が舞って、花吹雪が私達の視野を奪う。

光也くんが私の目を見て告げた。

「桂華院は桂華院だよ。俺の知る桂華院ならば、きっと声をあげるさ。『仙人なんてつまらない』と言ってな」

「ぷっ。なにそれ？」

鐘の音が鳴る。

そろそろ朝礼の時間だった。

「行きましょう。遅刻しちゃうわ」

「ああ」

光也くん。ごめんね。

多分、今の私、既に仙人みたいなものなのよ。

だから、その事だけは光也くんだけでなく他のみんなにも秘密にしておこう。


「るなおねーちゃん！　こっち！　こっち!!」

天音澪(あまねみお)ちゃんが入学した時、当たり前のように私の所に来たのには笑ったが、幼稚園の頃と同じく私や春日乃明日香(かすがの)ちゃんや開法院蛍(かいほういん)ちゃんの後ろをトコトコついてくるのは悪い気分ではなかった。そんな澪ちゃんが珍しいイベントに招待してくれた。

「人形展？」

「そう！　パパがお友達を連れてきていいよって！　だからごしょうたいします♪」

えへんと胸を張る澪ちゃんの頭をナデナデしながらチケットを見ると、場所と協賛が帝西百貨店になっていた。

あ、これうちのイベントじゃん。そんな訳で、イベント初日に私達は澪ちゃんのお父さん主催の人形展を見物する事にしたのだった。

なお、私が来る事はある程度織り込みずみだったらしく、澪ちゃんのお父さんと帝西百貨店の幹部連中がずらりと頭を下げる。

「おおぅ。なんか凄いわね」

「お人形さんがいっぱいなの！」

正確にはこれはアンティークドールの人形展であり、帝西百貨店の文化事業の一環として行われている。

また、出展されている人形のかなりの部分が私の所有になっているのには苦笑するしかない。澪ちゃんの実家の貿易商を助けるためにかなりお高い人形を買った為なのだが、だったらこういう所に出してお披露目を、という訳だ。

ひとまとめにアンティークドールと呼んでいるが、正確には19世紀欧州の上流階級にて流行したビスクドールに分類されるもので、今や芸術品であり文化遺産ともなっている。その歴史と文化がずらりと私達を眺めているというのは、美しいを通り越して怖さを感じる事もある。

「あ。るなおねーちゃんのなまえがある♪」

「ふふん。澪ちゃんのお父さんにお願いして取り寄せたのよ。今度お家で見せてあげるわ」

「わーい！」

人形だけでなく、その付属品なども展示されている。人形に着せる服や靴や帽子等のアクセサリーに、その人形を遊ばせるドールハウス等。そんなドールハウスの一つに私の視線は釘付けになった。

ごく普通の欧州のお屋敷を模したドールハウスなのだが、まるでその部屋が存在するかのように……

「おねえちゃん！　るなおねぇちゃんったらぁ!!」

「!?」

私は澪ちゃんに体を揺さぶられていた。そこはデパートの展示場ではなく、どこかのお屋敷。澪ちゃんは私を揺さぶって、混乱する私にこんな事を言う。

「もぉ、ママがごはんだって呼んでいるよ！　お姉ちゃんはぼんやりさんなんだからぁ」

「言ったな？　そんな事を言う澪ちゃんはこうだ！」

「あはははははは……るなおねえちゃんくすぐったいよぉ!!」

混乱しているが、少なくとも澪ちゃんはこの異常に気づいていない。いや、適応していると言うべきか？　じゃれあってから、澪ちゃんの手を握って食堂に行くと、お母さんがテーブルについて私達を出迎えてくれた。

「遅かったわね。瑠奈。どうしたの？」

お母さんらしいその人の顔には何もなかった。顔がない人形が私の母親役として私達を心配してくれていた。それでも、私の口は開く。

「ごめんなさい。少し眠たくて」

「まぁ。また夜中まで本を読んでいたのでしょう？」

「るなおねぇちゃんご本大好きだものね♪　みおはすぐ眠たくなっちゃうのです」

「澪もきっと、本が大好きになるわよ」

ドアが開いて、顔のない人形が入ってくる。服装から、その人形が男性だと分かった。

「おはよう。瑠奈。澪。朝から騒がしくて元気そうで何よりだ」

「瑠奈はまた夜更かしして本を読んでいたのですよ」

「おはようございます。お父さん！　お母さん!!」

これは、この私、いや、桂華院瑠奈が得られなかった家族の温かさなのか。澪ちゃんは巻き込まれたのだろう。

私はともかく、澪ちゃんは帰さないとと密(ひそ)かに決意しながら、私は人形の両親に丁寧に挨拶をした。

「おはようございます。お父様。お母様」

テーブルの食事は、パンにベーコンにスープ。それとりんごと紅茶。この場所は多分、ヴィクトリア朝のものだとなんとなく察する。

食事は美味(おい)しかった。いや楽しかったと言うべきだろうか？

「あのね。あのね。みおはるなおねーちゃんと学校に行けて楽しいのです」

「本当に澪はお姉ちゃん子なのね。学校は楽しい？」

「たのしい♪」

「瑠奈はどうだい？」

「ええ。お友達も居るし、勉強だってちゃんとしているわ。こんなに学校が楽しいなんて思いませんでした」

「あはは。瑠奈は将来どんな風になるのやら」

「あら。瑠奈はきっと素敵なお嫁さんになるのよ」

「君みたいにかい？」

「ええ。貴方(あなた)みたいな人を見つけてね」

人形達のやり取りが温かくて滑稽である。私はこの世界の両親の姿を知らない。だから、こんな形でしか彼らは私に接することができない。

私は前世の両親を思い出したくはない。親不孝をしたし、彼らは私を最後まで理解できなかった。きっとこの食卓は、私が望んだものなのだろう。だからこそ、この温かい時間が続いてほしいと願ってしまう。けれど、楽しい時間はちゃんと終わりがあるからこそ楽しい訳で。

私はともかく澪ちゃんを帰さないとと焦る私とこのやり取りをもう少し楽しみたい私の葛藤を打ち消したのは、玄関から聞こえる呼び鈴の音だった。

「ほら。学校に行く時間だ。お友達が迎えに来たよ」

「ちゃんと準備しなさい。鞄(かばん)は持った？　ハンカチは？　帽子もちゃんとかぶって」

「できています。みおはもうしょうがくせいなんですからね♪」

そんなやり取りをしてから私が澪ちゃんと一緒にドアを開けると、そこでは蛍ちゃんが笑って出迎えてくれた。この世界が、私の夢が覚める自覚があった。

「もしかして、私達を連れ戻しに来たの？」

私の言葉にこくりと首を縦に振る蛍ちゃん。相変わらず喋らないが、この場所から元の場所に連れ出してくれるとなんとなく思える蛍ちゃんに安堵のため息をつく。

私は、澪ちゃんの手を握ったまま、食堂を振り向く。あの人達は決して悪い人達ではなかった。

だからこそ、その言葉は自然と出てきた。

「行ってきます」

澪ちゃんも私につられて声をだす。その声はある意味必然で、そして優しかった。

「行ってきまーす！」

「「行ってらっしゃい」」

私はこの声を忘れないようにしようと思った。存在を消された父と母、私という存在に居場所を奪われた桂華院瑠奈の為に。

「っ!?」

「……どうしたの？　るなおねーちゃん？」

ぼーっとしていたらしい。澪ちゃんが心配そうな顔で私を見ていたので、頭を撫でてやってごまかす事にした。

「あ、いたー！　先に行っていたのね!!」

明日香ちゃんの元気な声が耳に届く。きっと隣に蛍ちゃんが居るのだろう。

あれは夢だったのだろうか？　それとも……

なお、あのドールハウスは後で探したがどこにも見当たらなかった。


「ねぇ。蛍ちゃん……」

質問しようとした私の機先を制した蛍ちゃんは、自らの唇に人差し指を当てて楽しそうに笑っただけだった。

『将来の夢　桂華院瑠奈
私は両親を見た事がありません。母は私を産んで亡くなって、父は国を裏切り、売国奴として社会的に抹殺されました。それでも私がこうしてこの場所に居るのは、兆を超える莫大なお金のおかげです。

お金は偉大です。札束でビンタをすれば大体の人は子供なのに頭をペコペコ下げます。それを学んだ私はこれからも有り余るお金で大人達を札束でぶん殴って……』

「はい。ボツ」

「あああああああああ！！！！！　なんて事をするのよ！　明日香ちゃん!!」

私の家で宿題を一緒にしようという事で明日香ちゃんと蛍ちゃんと一緒に宿題をしている最中。途中まで書いていた作文を明日香ちゃんに取り上げられて、ゴミ箱に捨てられる。抗議する私に明日香ちゃんはパンパンと机を叩く。

「瑠奈ちゃん分かってる？　これ、授業参観日に読む作文なんだからね！　みんなをドン引きさせてどうするのよ!!」

帝都学習館学園は華族や財閥子弟の通うエリート校だ。という事は、私の親のやらかしは大体みんな知っている訳で。それもあって、腫れ物に触る感じで大人も子供も接してくるのを誰が責める事ができようか。

それでも態度を変えなかった明日香ちゃんと蛍ちゃんと友達になれて本当に良かったと心から思う。とはいえ、明日香ちゃんはちょっとおせっかいが強いと思ったり思わなかったり。

「いや、みんな知っているならば公言して堂々としていた方が楽だなぁと」

「瑠奈ちゃんお人形さんみたいに大人しそうで、基本大人げないよね……」

がーん！

私の心にちょっとダメージが入った。やられたらやり返せが信条なので、私は明日香ちゃんに反撃を試みた。

「だったら、明日香ちゃんがなにを書いたのか見せてよ！」

「いいわよ！　これが、模範的な将来の夢ってやつよ!!」

私は明日香ちゃんから作文を受け取って読み出す。明日香ちゃんの字は私より綺麗である。ペン習字を通信教育で習っているそうな。

『将来の夢　春日乃明日香

私の将来の夢はお嫁さんになる事です。私のパパは議員なので、旦那様には必然的にパパの地盤を継いでもらう事になります。パパはあと二十年はがんばると言っているので、その間はパパの秘書として勉強してもらい、市議か県議になってパパの跡を継いでもらいます。

その間、私は奥様として地方後援会をまとめ、子供を三人は作って、次の次の育成に……』

「はい。ボツ」

「あああああああああああああ！！　なんて事をするのよ！　瑠奈ちゃん!!」

涙目で抗議する明日香ちゃんだが、さっきの仕返しなのでその声は本気ではない。まぁ、ゴミ箱に捨てたけど、私の作文と同じく取り出せばまた書けるし。

「さっきの言葉をそのまま言ってあげるわ！　明日香ちゃん!!　これ、授業参観日に読む作文なんだからね！　みんなをドン引きさせてどうするのよ!!」

「いや、最近地味に選挙が厳しいから、早く後継者を見つけないとってパパが……」

「明日香ちゃんってあちこちに気を回しすぎ。もっと小学生らしい作文を書こうよ！」

「……札束で大人をぶん殴るのが小学生の書く作文なのですかー？」

「明日香ちゃん！　それを言ったら戦争でしょうが!!」

背景にゴゴゴゴと不気味な音をたてて対峙(たいじ)する私と明日香ちゃん。互いに目は結構本気である。

「ふっ。明日香ちゃんとは一度勝負をしなければと思っていたのよ！」

「奇遇ね。私もよ。友を超えて私は立派なレディになるのよ！」

「笑止！　私を超えてゆくなんて百年早いわっ！！！」

「な　に　を　し　て　い　る　の　で　す　か　？　お　じ　ょ　う　さ　ま　が　た　？」

私と明日香ちゃんがその声を聞いて凍りつく。振り向くなと全神経が警告しているのだが、その声の方を振り向くと、おやつのケーキを持ってきたメイドの桂子さんが笑顔で怒気を出していた。笑顔とは本来攻撃的なものである。そして、桂子さんの手には私達を黙らせる切り札のおやつのケーキがあった。

「宿題をせずにふざけているお嬢様にはおやつのケーキはなしです！」

「「ごめんなさい。私達が悪うございましたからどうかそのおやつのケーキをくださいませ」」

所詮お子様。ケーキの攻撃力に私達二人は白旗をあげて大人顔負けの土下座をしてみせたのであった。

「そういえばさー」

「どうしたの？」

「蛍ちゃんの作文見てなかったわよね」

「たしかに」

まともな作文を慌てて書き上げて、桂子さんからおやつのケーキを受け取って食べながら私が呟き、明日香ちゃんが紅茶を堪能しながら返事を適当にする。その蛍ちゃんは叱られる事なくケーキと紅茶にありついていたのだが、話さなくても流れは読める娘である。ニコニコしながら私達に書いた作文を差し出してくれた。

『将来の夢　開法院蛍

私は本来消えるはずの子供でした。正確には、神への贄として捧げられて、座敷童子に成るものだとばかり思っていました。

それが、お狸様のありがたいみかんによってこの世に生きて良いと救われました。ですが、救われた為に私には将来成るものがなくなってしまいました。

私は何に成るのか？　何に成り果てるのか？……』

「「はい。ボツ」」

「!?」

天井はお約束。なお、参観日に読んだ私達の将来の夢は以下の通り。

『桂華院瑠奈　資格を取って社会人になってＯＬ』

『春日乃明日香　お嫁さんで子供は三人』

『開法院蛍　分からないからこれから考える』

私の作文はえらく具体的で生々しいと言われたが、そりゃ前世の就職過程知っていればねー。


小さいながらも社会なるものが形成されるのが小学校という所で、そんな小学校生活の最初は結構浮いていた。

理由は、この髪と親のやらかしである。

栄一くん達や、明日香ちゃん達と知り合えていなかったら、今頃私はぼっちデビューをしていただろう。

「おはよう」

「おはよう。瑠奈ちゃん。宿題やってきた？」

「やってきたけどどうして？」

「ごめん！　写させて！　ノートを間違って持ってきたの!!」

「蛍ちゃんから借りればいいじゃない？」

「蛍ちゃんからは別のノートを借りていまして……はい……」

明日香ちゃんの向こうでえっへんとアピールする蛍ちゃん。

どうもお返しを考えるとこれ以上借りは作りたくないという明日香ちゃんのプライドが私を選択したらしい。

私にしても悪い話ではない。

明日香ちゃんと蛍ちゃんのおかげで、ぼっちコミュニティーから脱却できたのだから。

「しょうがないわね。明日香ちゃんちのみかんで見せてあげるわ」

「オレンジだったら箱であげるわよ！　箱で!!」

良くも悪くも明日香ちゃんは人気者である。

女子の中で話題の中心には明日香ちゃんがおり、オカルト大好きな女子は蛍ちゃんの不思議オーラに惹かれる訳で。

そんな彼女達と仲良しだった事が私をぼっちから救い出してくれた。我ながら幼稚園に行く選択をしたのは大正解と言えよう。

「ん？　どうしたの？　蛍ちゃん？」

蛍ちゃんにつんつんと突かれた私が蛍ちゃんの指差す方向を見ると、教室のドアから私達を眺める女生徒の姿が。

初等部の制服だから同級生か上級生か？

「もしもし？」

私の声にびっくりする彼女。バレていないと思ったのだろう。驚いてこっちを見る。

あ。上級生で私と同じ金髪だ。珍しい。

「ちょ、ちょっと!?……行っちゃった……」

呆然とする私の目に映る三つ編みハーフアップ。

あ、あの髪型いいなと思ったのを残して、その人との出会いは終わった。

意識するとその先輩がどうも私の事を見ているというのが分かり、気づけば周りの人間も気づくわけで。

「おい。瑠奈。またあの先輩来ているぞ」

「あの人、上級生のリディアさんだね。敷香リディア。樺太からの転入生だね」

「敷香侯爵家は少し有名な家だな。北日本政府の名家で、樺太併合の立役者の一人だ」

栄一くん、裕次郎くん、光也くんの三人の情報をまとめるとこんな感じになる。

ベルリンの壁崩壊から始まる東側の崩壊は、東ドイツで起こった国家解体とルーマニアで起こった戦火を伴ったパターンがあるが、北日本政府が国家解体方式で崩壊した最大の理由に、その時期に発生した体制内のクーデターがある。

北日本共産党とその支配下にあった秘密警察の支配体制に、現実に対峙する軍が反旗を翻したのは他の東側と同じだったが、違ったのは秘密警察が軍について無血クーデターを主導した所にある。

この革命は冬祭りの時に発生した事から『冬祭り革命』とか『樺太の春』なんて呼ばれるようになる。

その時の秘密警察長官が敷香リディアさんのお父様だった。

彼はクーデター後の樺太政府内部の権力争いに敗れる事を自覚しており、最高のタイミングでこの国、つまり日本に己を売ったのだ。

日本政府の樺太進駐が無血で進んだ原因はこの彼の内通で樺太内部の情報が筒抜けだった事があげられる。

彼と彼に与(くみ)した権力者達は身の安全と財産の保障を得て、次々と己の旗を日の丸に変えていった。

そんな彼らを巧みに使いながらこの国は樺太統治を進めているが、この国にとっての功労者は樺太側から見れば許しがたい裏切り者である訳で。

彼は侯爵位という爵位まで得て華族としてこの東京に住む事になった。

それをこの国の権力者層がどのような感じで見るのかは、私の例を見れば分かるだろう。

色々言われいじめられたのだろうが、それでも彼女は耐えて反撃してみせた。

その結果ついたあだ名は、『ワシリーサ』。

ロシア童話の主人公で、ロシア版の『シンデレラ』と言ったら分かりやすいだろうか。

なんとなく理解した。私に対する風当たりの弱さは、明日香ちゃん達だけでなく、先駆者として敷香先輩が居たからという訳だ。

「で、どうするの？」

明日香ちゃんの質問に私は笑って答えた。

なお、栄一くん達は私のこの笑みを『狼が獲物を見つけたような』笑みと呼ぶので大喧嘩をするのだが、それは別の話。

「まずは捕まえてお話をするのよ！」

そんな私の切り札である蛍ちゃんは私の事をきょとんと見ていた。

「もしもし？　敷香せんぱい？」

なんとなく分かってきたのだが、彼女のこの反応はハリネズミのジレンマなのだ。

どれだけ彼女がいじめられ、反撃をしてきたのかの裏返し。

そんな彼女の前に、ほぼ同属性の存在が学校の後輩として入ってきた。

興味がないと言えば嘘になるし、かと言って嫌われたらと決定的な所で踏み出せない。

だからこちらから手を差し伸べるのだが、その手を摑むのが怖くて逃げてしまう。

分かるがゆえに、こちらの罠にかかる。

「っ!?」

逃げ道でニコニコ通せんぼをする蛍ちゃんが実に様になっているからちょっと怖い。

とはいえ、ふいに障害物として出てくるから、こういう追い込み式の狩りでは絶大な効果を発揮する。

なお、蛍ちゃんのこのかくれんぼ能力は犬はおろか野生の獣ですら見つけられないというが、はったりだと思う……思いたいなぁ。うん。

「という訳で、お話ししましょう♪」

「……私の事、怖くないの？」

恐る恐る尋ねるリディア先輩に私はあっさりと本心を言う。

少なくともこの手の人は嘘にだけはとても鋭敏なのだ。

「怖いですよ。だからお話をして相互理解を図りましょうと言っているのです」

ここでわざとらしく、舌を出して茶目っ気を出す。

「何よりも、何も言わずにじっとこちらを見られる方が怖いです」

「……そうね。私、何をやっていたのかしら……」

やっと出た笑みに私は手を差し出した。

その手を先輩は摑んで自己紹介をする。

「敷香リディアよ」

「桂華院瑠奈と申します。先輩」

帝都学習館学園共同図書館。

初等部・中等部・高等部・大学と一貫教育されているこの学園にはそれぞれの学部に図書室はあるのだが、利用者は少ない。

それは、この共同図書館をみんなが使っているからである。

「お嬢さん。学生証を拝見」

「はーい♪」

入り口の警備員に学生証を見せて、私は館内に入る。

この図書館には莫大な本棚と地下にそれ以上の閉架本棚があり、研究室や読書室や複数のホールだけでなくちょっとした喫茶店まである巨大施設である。

基本生徒の立ち入りは自由だが、土日祝日となると市民にもこの図書館は開放される。

また、この図書館はゲーム内ではデートスポットやコミュイベントなどの舞台にもなっている。

「いらっしゃい。かわいいお嬢さん。今日はどんな本をご所望かしら？」

共同図書館館長、高宮晴香（たかみやはるか）。

老眼鏡をかけた初老の女性は、ゲームが違っていたら魔女だと思う雰囲気のある人だったりする。

悪い魔女ではなく良い魔女として。

この図書館の主であり、ゲーム開始時から長く付き合うであろう人である。

「この本を探しているの」

「この本はどこだったかしら？　ずいぶん懐かしい本を読むのね」

この人の本ならば最新シリーズの方だったかなと思いながらも私はこの本を探す理由を告げた。

偽らざる私の本心を。

「はい。図書館で見つけてから、もう一度読みたいと思って」

多分、手元に置いておくならば買った方がいいやとも思ったが、図書館に置いてある本だからこそ読みたいというのがある。

そのあたりの機微を知ってか知らずか、高宮先生は地図も見ずに本のある場所に私を連れてゆく。

「このあたりの本は閉架に移そうかと思っていたのよ。移す前に読む人が現れて良かったわね」

そんな本達に語りかける高宮先生を見ていると、この人は本当に本が好きなのだと感じる。

私はこんな人が現実に居たら良かったのにとゲームをしながら何度か思った事がある。

「毎年たくさんの本が出て、たくさんの本がしまわれてゆく。読まれない本は読まれる為に少しお休みをするのよ。きっとこの本が必要だと思える誰かに会う為にね」

学園の施設案内で小学生相手に笑顔でこんな事を言ってくれるこの人のことをみんなが魔法使いだの魔女だの言うのは当然で、そう呼ばれてはや十数年。

そこからまったく顔姿が変わっていないという上級生情報もあり、本人もそんなあだ名を知ってか知らずかの風体を装っているので『図書館の魔女』と言えば学園内であの人かと察する程度の有名人となっている。

なお、ゲームでは、その博識さから主人公の注意役としてよく登場し、主人公に何が足りないのかとかを教えてくれるお助けキャラクターの側面を持っている。

「はい。お探しの本は、この棚のここにありますわ。良かったわね。あなたを小さなお嬢様がお迎えに来たわよ」

「ありがとうございます」

　ぺこりと頭を下げて、私はその本を受け取った。

　この場で読むのではなく貸出を希望するので、高宮先生とともにカウンターへ。

「いっぱい色んな事を知りなさい。それはきっとあなたの人生を彩ってくれるわ。良い事も、悪い事も、すぎれば愛（いと）おしく思えるものよ」

　高宮先生の時代はちょうど価値観の逆転が始まる時代だった。女性が学問なんてと言われる時代から、女性が社会に出る時代に。彼女はそんな時代の第一走者だった。

　名家高宮伯爵家の一人娘として生まれた彼女は、その美貌と才媛ぶりから華族の名家に嫁ぐ事が決まるが、『女は家に居ればいい』という嫁ぎ先の方針に反発し離縁し家に帰る事に。

　嫁ぎ先から返されたという不名誉から高宮家でも飼い殺しが確定する所が、時代は戦争真っ只中で男手が圧倒的に足りない時代。

　その才能を社会にという時の政府のプロパガンダに乗り、色々な職に就き図書館司書としてこの学園に来たのは高度成長期の事。

　ゲームの設定資料集を読んで、こんな人になれたらなと思った事があったが、その時の私はこの人を目指してついにこの人になれなかったのを覚えている。

　なお、この人は最初の結婚からついに次の人を見つけず、お家は没落して潰れたのにこうして穏やかに図書館で微笑んでいるのは、時代に勝った事を確信していたからだろう。

「じゃあ、貸出しね。カードを拝借するわね」

あと、この人のエピソードで忘れてはいけないのがこの貸出カード。

昔の本は本にある貸出カードで貸し借りを管理していたのだが、図書館の全ての本の貸出カードに高宮晴香の名前が書かれていたという。

つまり、この目の前の御方は、この巨大図書館の本を全て読んだという訳で……

それだけでもこの人を魔女呼ばわりしても間違ってはいないと思う。もちろん当人を目の前にして言うつもりはないが。

図書委員になると、仕入れた新書を高宮先生より先に借りて高宮先生が悔しがるイベントもあったりする楽しい人なのだ。

もちろん、この本の貸出カードにもちゃんと『高宮晴香』の名前が書かれていた。

その名前のいくつか下に『桂華院瑠奈』の名前が付け加えられる。

「はい。返却は一週間後よ。あなたにとって、この本がかけがえのないものになりますように」

そう言って微笑みながら本を渡してくれる図書館の魔女に魅せられて、図書館に通っている人も多い。多分私もそんな一人なのだろうな。

「瑠奈。何を読んでいるんだ？」

そのまま帰るのがもったいないのでアヴァンティで読んでいたら、栄一くんたちに見つかり話題になる。こういうのも本の面白い所だ。

「図書館から借りてきたのよ。なぞなぞの本かな？」

「へー。なぞなぞが、物語になっているのか。ちょっとおもしろそうだな」

「答え言わないでよ！」

「分かってる。しかし、このなぞなぞは聞いたことがないな……」

後日、栄一くんたちもこの本を借りたのは言うまでもない。

その時私は、この人の次の話を読んでいた。

蛍ちゃんは大人しい性格である。

そして、本を読むのが大好きだ。

という訳で、よく図書館にいるのだが、それとは別の理由がある事を私と明日香ちゃんは知っている。

「開法院さん。そろそろ授業が始まるから教室にお帰りなさい」

「っ!?」

なんと図書館の魔女こと高宮晴香館長には蛍ちゃんを見つける能力があるらしい。

それを知った時の私と明日香ちゃんの驚きたるや。

この時点で、高宮先生すげぇと尊敬の念を持っている。

「そんなに凄い事なのか？」

そんな事を聞いてきた栄一くん達に私が真顔で言い切る。

信じたくない実体験を人に語る時、その顔はいやでも真剣になるものだ。

「栄一くんはビデオカメラに映っているみかんを自分の姿を見せる事なく取れる？」

「オ　レ　ン　ジ　！」

「画面外から道具を使うとかなしでか？」

「何かトリックがありそうな気がするけどね。分からないや」

「実際、そんな画像があるのなら見た上で考察したいな。桂華院よ」

という訳で、ビデオテープを持ってきて視聴中。栄一くん達も真顔になる。

「嘘だろっ!?　今、どうやって消えた!?」

「画面を加工しているような感じもなかったね。みかんがすっとなくなったよね」

「……分からんが、桂華院が言う事については納得はしよう」

「だからオレンジだって……」

そして、蛍ちゃんの幼稚園でのかくれんぼ無敵伝説を聞けば、当然それをやりたくなるのが男の子というもの。

私や明日香ちゃんをまじえてのかくれんぼ大会となった訳だが、まぁこれが見事に見つからない。栄一くん達三人に私達二人を凹(へこ)ませて蛍ちゃんは、意気揚々……とではなく『終わった？』みたいな顔でこっちを見ていた。

「何で高宮先生は開法院さんを見つけられるんだ？」

そうなると、当然その疑問に行き着く訳で。

翌日の昼食時、栄一くんの疑問に自分の事だけど首をかしげる蛍ちゃん。

明日香ちゃんがある意味女の子らしい意見を言う。

「高宮先生って『図書館の魔女』って言われているんでしょう？　きっと何か魔法を使っているのよ！」

「魔法って非科学的な」

「種はあると思うよ」

光也くんと裕次郎くんの二人に突っ込まれて撃沈される明日香ちゃん。

なお、金と科学を使って見つけられなかった私は沈黙を通す事で撃沈を回避した。

「ならば簡単だ。高宮先生が開法院を見つける所を俺達が観察すればいい」

栄一くんの結論に明日香ちゃんが困った顔をする。その理由は至極もっともなものである。

「けど、図書館の中で遊んだら駄目じゃなかった？」

図書館の中では騒いではいけません。

当然のルールに抵触する訳で、ここで隠れて強行するのがお子様の所業である。

という訳で、私は満を持して口を開く。

「ならば簡単ね。遊びじゃなければいいのよ」

「自由研究に図書館を使いたいの？」

高宮先生に自由研究の申請書類を出す私達。

タイトルは『図書館でかくれんぼをするのはどうしていけないのか？』。

やりたいことの真逆をあえてテーマに選び、高宮先生本人に申請するという大人の手法で子供のテーマの申請を見た高宮先生は、困ったというより可愛いという感じで微笑んでいる。

「はい。校則で決まっているからというのは分かるのですが、『なぜ』そんな校則ができたのかと言われると説明するのが難しくて。良ければご協力をおねがいします」

小学生だからできる『なぜ？』の疑問。

それを調べたいからという形で高宮先生に協力をお願いする。

もちろん、インタビューという形で校則やマナーの所まできっちりするが、この自由研究でやりたかった事はただ一つ。

「高宮先生へのインタビューと、図書館の紹介、あとマナーについての発表と、実例として一人隠れてもらおうと思っています。隠れてて図書館の先生が帰って図書館が閉まって出られなくなったなんて話を他所で聞きましたから」

もちろん、その一人が蛍ちゃんだ。

栄一くん達は名目のインタビューとか図書館の紹介とかも手を抜かなかったので、高宮先生は終始好意的に私達の相手をしてくれていた。

「この図書館ではそういう事は起こさないけどね。けど、そういう探究心はこれからの人生においてきっと大事なものになるわ。いいわ。付き合ってあげます」

という訳で、閉館後に少し残ってもらってのかくれんぼ対決である。

時間は三十分。三十分経過したら蛍ちゃんには入り口に来てもらう事になっている。

「じゃあ、蛍ちゃん隠れてね」

明日香ちゃんの言葉にこくりと頷(うなず)いて蛍ちゃんの姿がすっと消える。

これを知っている私や明日香ちゃんはともかく、初めて見た栄一くん達がぎょっとしたのが面白かったのは内緒だ。

「ふーん。そういう事ね」

そんな言葉を漏らして高宮先生が苦笑する。多分、こちらの企(たくら)みはほぼバレたのだろう。

それでも、それまでの積み重ねとしてインタビューや下調べがものを言って、高宮先生は苦笑するに留(とど)めてくれた。

「じゃあ始めてください」

隠れる時間を計っていた裕次郎くんが合図する。

栄一くんは私提供のビデオカメラを持って、この一部始終を撮影している。

光也くんと私は一応捜す役として先生と一緒に歩いて同じ視線を共有する。

「なぜ、私は開法院さんを見つけられるのか？　その答えは、経験の差かしら」

そんな事を言いながら、高宮先生は図書館を歩く。

既に日も落ちて図書館館内は電気が無人の本棚を静かに照らしていた。

それがなんとなく不思議であり、怖くもあった。

「ここは私のお城よ。建てられてから何十年も居たのだから、全部知っているわ。ちょっとの変化も、見逃さない。たったそれだけの事よ」

捜す事すらしなかった。まるで見当がついているのか、私達を案内しながら高宮先生は歩く。

整然と並ぶ本棚の群れは、この館の主人である高宮先生に頭を垂れるように見えた。

「はい。みーつけた♪」

「!?」

高宮先生の声の先に蛍ちゃんが居た。というか、急に現れたので、しゃれでなく怖かった。

あとでカメラを見たけど、本当にふっと本とともに現れたのだ。

「開法院さんは童話とか昔話が好きでね。そのシリーズずっと読んで順に借りていたのよ。だから、待っている間続きを読むと思っていたわ。みんなの疑問に私は答えられたかしら?」

高宮先生の笑顔に私達はこくこくと頷くしかなかった。

なお、自由研究はえらく受けて、高宮先生の図書館入り口にデカデカと貼り出される事に。

評判の良さに反して、私達はなんとも言えない笑みを返す事しかできなかった。

【用語解説】

・帝西百貨店……百貨店グループ。この頃の物流業界は当たり前のように数千億単位で負債があるから困る。百貨店やスーパーやコンビニの他に牛丼屋なんかも持っていた。

・桂華院家の家紋……桂華グループの社章にもなっている。『月に星』をベースに、星の所が山桜になっているのが特徴。
・セミの抜け殻……子供の頃はあれが宝物だった人はたしかに居た。
・ビー玉……子供の宝石。ラムネ玉と違うのがポイントだが両方宝物なのは間違いがない。
・アール・ヌーヴォー……アルフォンス・ミュシャなんかをはじめとした美術運動。
・バスク……スペインとフランスの間にある地域で今でも独立問題が燻（くすぶ）っている。と思ったらカタルーニャが……
・ロマ……移動型民族。その迫害の歴史は欧州の闇の一端でもある。
・ミカエラのアリア……ドン・ホセの婚約者で、カルメンからホセを取り戻すために決意を歌う。
・桜の樹の下には……死体が埋まっている。
・走れメロス……なお、メロスじゃなかった太宰先生はいつまでも帰らず、しびれを切らした友人が行くと、将棋を打っていたらしい。ぶん殴っていいと思う。
・杜子春……なお原作は仙道の話が絡んでかなり鬼畜な模様。
・地味に厳しい選挙……一区現象。小選挙区では一人しか当選できない。そして都市部では無党派層の動向が投票行動を左右するので、無党派層が野党に流れて都市部、特に県庁所在地がある各県の一区で野党が勝つケースがこの頃あたりから続出する。
・瑠奈が借りた本……『ぽっぺん先生の日曜日』（舟崎克彦（ふなざきよしひこ）　筑摩（ちくま）書房）このシリーズならば『ぽっぺん先生と帰らずの沼』を推す。アニメを見て衝撃を受けて、図書館で借りてはまった口である。
・冬祭り革命……マースレニツァ（冬祭り）の警備を利用しての秘密警察によるクーデターに軍が

賛同。その後軍中枢を拘束して、日本政府に樺太進駐を呼び込むという素敵なやり口で北日本政府は崩壊した。外国では多分、『マースレニツァ革命』と呼ばれている。

・ワシリーサ……正式なタイトルは『うるわしのワシリーサ』。なお、別の話だがロシアの御伽話(おとぎばなし)には『竜王と賢女ワシリーサ』というものもある。

・敷香……『しすか』と読む。樺太の地名の一つ。共産党に入って、幹部になったので生まれの地の名字に改姓したという設定。なお、こんな人間がまだ他にもおり、彼らの寝返りが日本の樺太併合を成功に導いた代わりに、国会議員や華族として優遇する事に。

帝西百貨店救済プランについて桂華銀行本店会議室にて会議が行われたのだが、あくまで私は飾りとして参加する事にする。

執行役員及び取締役達が集まる席だから、『これ飾りじゃないんじゃね?』と疑う人間も居る事はいる。

という訳で、会議に直接参加せず、テレビモニターで観戦という形だ。

執行役員の橘は私の方について会議には欠席。

若手大抜擢という形で執行役員になった一条の耳には、私の所に置かれているマイクと繫がるイヤホンがはめられている。

「では、帝西百貨店グループ再建計画についてご説明します」

帝西百貨店グループの中核である百貨店・スーパー・コンビニをはじめ、ホテル、ファッションビル、牛丼屋等がグループとしてまとまっていた。

不良債権は整理回収機構に回したのでこれらグループの表向きはきれいになっているが、問題は中の稼ぐ力である。

人間を送り込んで再建できない以上、最初の案として出てきたのは分割売却だった。

「ホテルについては桂華ホテルが購入したいと。コンビニについては買いたいという会社が数社手を挙げています。スーパーについても食指を動かしている会社が何社かあります。ですが、百貨店については帝西鉄道ぐらいしか手を挙げていません」

コンビニがこれからは物流の主体となり、スーパーや百貨店は儲からない業種になるのを私は知っている。

帝西百貨店とかつて一緒だった帝西鉄道グループの動きが鈍いのは、不良債権処理の他に長野五輪に全力を注いでいたというのがある。

ホテルは引き取るという事で、それ以外の分割売却というのは悪くない選択だった。

私が呟き、一条が声をあげる。

「お待ちください。我々は北海道開拓銀行の縁で、北海道の新鮮な商品を手に入れる事ができます。それをこのグループに回すだけでも、他社と差別化がはかれるはずです」

スーパー・デパート・コンビニを抱える事で、北海道の新鮮な商品を都市圏の客に提供する。

それは北海道経済の救済であり、多くの債権を抱える旧北海道開拓銀行の救済でもあった。

「その意見は一考に値するが、それを我々ができるのかが問題だ。帝西百貨店グループは感性の経営なんて呼ばれていて、中の数字がどうなっているか現在でも怪しい所がある。彼らの不良債権が処理できたのは同意するが、これらの店が赤字店舗という可能性が否定できない」

その良い例が絶賛内紛中の某スーパーグループサチイで、財テクの失敗と内部の権力争いに財務関連が闇に包まれているから私でも手を出せなかったいわくつきのスーパーである。

「分からないではないです。だからこそ、帝西百貨店グループの再建は、トータルの指揮ができる企業の監督が絶対に必要になるのです」

一条が断言して、新規案件を口にし、控えていた秘書が役員達にその資料を手渡す。

「総合商社の再建計画に、帝西百貨店グループを絡めてしまいましょう」

アジア通貨危機でダメージを負った企業に、総合商社があった。

この時期、株式持ち合いによる不良債権化と東南アジアを襲ったアジア通貨危機による物流崩壊が総合商社を直撃したのである。

含み益があった大手商社はともかく、下位の総合商社は経営危機に瀕していた。

「現在、ムーンライトファンドが救済した松野貿易は経営危機から脱しております。彼らに帝西百貨店グループを管理させるのです」

総合商社は『ラーメンからミサイルまで』揃えると豪語するネットワークが売りだ。

我々には北海道企業群という生産者がおり、銭勘定ができる桂華銀行があり、客とダイレクトに繋がる帝西百貨店グループがある。

これを繋ぐ血液と神経であるネットワークを持っていたのが総合商社である。

「たしか、松野貿易の救済はムーンライトファンドが主体になっていたが、手に負えなくなったから押し付けようとしているのではないのかね？」

役員の一人が一条に対してやっかみの声をあげるが、一条は気にしない。

それを気にしないだけのリターンをムーンライトファンドは叩き出していたからだ。

「そういう見方があるのは否定しません。ですが、これらの救済案件はＤＫ銀行が機能していれば、そもそも問題ではなかったものでしょう？」

一条の一言で役員の半分――大蔵省からの天下り組――が黙り込む。

大蔵省の不祥事とＤＫ銀行の総会屋事件で、ＤＫ銀行がメインバンクである企業は資金繰りに窮しており、必死に金融機関に駆け込んでいた時期だった。

そして、他の金融機関と違って、有望な企業を救えると積極的に手を出し始めたのが桂華銀行だったのである。

一条は他の役員や執行役員を前に言い切った。

「どうせ、ＤＫ銀行絡みの救済は大蔵省マターでもあります。それは皆様もご存じでしょうに」

この手の仕事は根回しが八割方勝負を決める。

元大蔵大臣である泉川辰ノ助（いずみかわたつのすけ）議員が既に協力を約束し、脳死状態の大蔵省の現場から後藤（ごとう）主計官が協力を要請している以上、大蔵省の植民地たる桂華銀行は断る事はできないのである。

「しかし、松野貿易だけで帝西百貨店の監督ができるかどうか……」

まだ抵抗する役員に対して、私は一条に切り札の提示を許可する。

ＤＫ銀行の脳死はこんな企業を経営危機に落としていたのだ。

資源ビジネスの為（ため）にも、遠慮なく食べさせてもらおう。

「なるほど。でしたら、松野貿易を合併させましょう。赤丸商事に」

この合併で生まれた商事は、ムーンライトファンドの資源ビジネスを一手に支え、ＩＴバブル崩壊後の資源バブルで莫大（ばくだい）な富を荒稼ぎする事になる。

彼ら総合商社のネットワークによって北海道の新鮮な食料品を安定提供できるようになった帝西百貨店グループは息を吹き返す。

　こうして、日本経済再編の中枢に桂華グループが主役として躍り出る事になるが、日本が抱える不良債権の山はまだ堆く積まれていた。


『総合商社の再編が加速している。

　大阪市中央区にあった赤丸商事がムーンライトファンド傘下に入る事を発表し、同じくムーンライトファンド傘下の松野貿易と合併、さらにムーンライトファンドを所有している桂華グループの中堅商社の桂華商会も合併に加わり三社経営統合という大ニュースは市場に歓迎を以て迎えられている。

　存続会社は桂華商会でこの秋に合併を予定している。二社との合併差益を出す事を狙い、社名は規模の観点から桂華の名前を使わず赤丸と松野の一文字を取って赤松商事となる模様。新会社の社長は元桂華商会出身で現松野貿易社長である藤堂長吉氏が就任する予定である。

　赤丸商事は松野貿易と同じスキームで減資で経営責任を明確化した上でムーンライトファンドより資本を受け、不良債権を処理して経営の安定を図ると同時に赤丸商事の役員は全員退職する。

　赤丸商事もバブル崩壊後の不良債権処理が進んでおらずアジア通貨危機で経営不安が囁かれていた一方で、ムーンライトファンド傘下で不良債権処理を終えた松野貿易は資源ビジネスを加速させており、発電事業に強みのあった赤丸商事と合併する事で、エネルギー事業の川上から川下まで押さえる一貫した事業展開を期待できるようになる。

松野貿易は山形県酒田市の埋め立て地に化学コンビナートを建設する計画が……』

『多額の不良債権で経営不安が囁かれていた帝西百貨店グループが今秋合併によってできる赤松商事の傘下に入る事が発覚。関係者もそれを認めており、物流業界の不良債権処理も進みそうだ。

帝西百貨店グループは帝西百貨店をはじめとしたスーパー・コンビニ・ホテル等の総合物流グループだが、バブル期の過剰な不動産投資によって一兆七千五百億円もの不良債権を抱えて経営不安が囁かれていた。

今回発覚した帝西百貨店グループの不良債権処理によると、メインバンク間で懸案となっていた不動産事業とノンバンク事業を分離し一兆二千億円の不良債権を整理回収機構に送り清算すると同時に、残りをムーンライトファンドが返済する事で合意。

ムーンライトファンドは帝西百貨店グループを合併後の赤松商事に子会社として譲渡する予定で、再建を目指す事になる。旧赤丸商事は穀物取扱いに強みがあり食品をはじめとして事業再編に期待を……』


北海道開拓銀行の破綻が回避された為に、運命が変わった会社がそこそこあったりする。

そんな会社の一つが、今羽ばたこうとしていた。

「では、テープカットをお願いします！」

笑顔で私は新千歳空港での式典に参加し、目の前のテープを切る。

なお、私の隣では黄色い地方局のマスコットがシューシュー言いながらハサミを持って……あ、持てるのか。ハサミ。

格安航空会社『ＡＩＲＨＯ』の新千歳―羽田便就航記念式典はこうして道内経済界関係者を集めて華々しく行われた。

世界でも指折りの利益率を誇る新千歳―羽田便。

日本の航空会社による寡占で料金が高止まりしていたのだが、それに道内から不満が出て格安航空会社をベンチャーとして立ち上げる事を目指していた。

その手続きは規制緩和の目玉にしたい政府や北海道の支援もあって順調に進んでいたが、資金面で苦しめられたというか銀行が不良債権処理問題に追われてどこもなかなか貸してくれなかったのである。

ベンチャーといえども航空産業は莫大な資本を投下しないと成功しない。

なぜならば、主役となる飛行機が恐ろしく高いのだ。

安いものでも百億は当たり前にする。

だから、ベンチャーとしてはこの機体をリースで運用する腹づもりだったが、大手が対抗して価格を下げた結果体力勝負に持ち込まれて破綻に追い込まれた。

私は桂華銀行に融資を申し込んでいるＡＩＲＨＯの案件に一条と藤堂を使って介入する事を決めた。

「悪い考えではないけど、大手はこっちの価格に対抗して価格を下げに来るわよ。体力勝負に持ち込まれたら、負けるに決まっているわ」

「では、この融資お断りする方がよろしいので？」

一条の確認に私は首を横にふる。

テーブルに置かれたグレープジュースを飲んで口を開く。

「北海道の新しい産業の芽を潰したくもないのよ。たしか赤丸商事は航空機に関してコネがあったでしょう？　アジア通貨危機で東南アジア諸国向けにキャンセルになっている航空機が出ているだろうから、同じ機種を揃えて購入しておいて。業績が良くなるなら買ってしまえばいいし、撤退するとなっても赤丸商事だからうまく売りさばけるわ」

こういうキャンセル機は行き先がない事もあってかなり安く買える。

その赤丸商事が航空機を買いＡＩＲＨＯにリースする事で、金の流れをこちらでコントロールする。

「要は価格が下がればいいのでしょう？　ならば、独立してやるよりどこかの下についた方がましだわ。今ならば大手に高く売れる。コードシェアの提案を航空各社にしておいて」

コードシェアとは共同運航便の事で、こちらからすると大手の販路が使え、向こうからすると空いてない羽田空港の発着枠が利用できるというメリットがある。

販売システムや搭乗手続きも大手に合わせれば、だいぶ楽ができるはずだ。

「で、貨物事業に参入するわよ。北海道の商品を都内に短期間で卸せるのは魅力よ。旅行会社への売り込みも忘れないで。ＡＩＲＨＯを使って、北海道のリゾートを少し割安で満喫できるプランを用意させるように」

拠点空港が新千歳であるＡＩＲＨＯの場合、朝一で飛行機を羽田に飛ばす必要があった。

もちろん、朝一だから客もがらがらで、貨物室が空いている事も多い。

帝西百貨店グループ向けの生鮮食料品と出荷先が明示できるので、北海道側の生産企業も安心して荷を出す事ができる。

個々での再建はきついが、まとめて絵を描けばなんとかなるという例である。

「お嬢様。赤丸商事に確認の電話を入れたのですが、米国航空機で最新鋭の機が四機出ているとの事。ただ、そのうちの一機が……」

関係者しか入れない新千歳空港格納庫。

その真新しいＡＩＲＨＯの機体を前に、橘と藤堂を連れた私はそれを見上げる。

「へー。ビジネスジェットねぇ……」

ＡＩＲＨＯは大手航空会社帝国空輸とのコードシェア及び業務提携を実施し、三割安い価格で新千歳—羽田間を飛ぶ事になった。

帝国空輸は格安航空会社に対する経験を手に入れ、こちらは大手航空会社を味方につける事に成功した。

販売や整備なども帝国空輸に委託し、そのかいもあって全路線キャンセル待ちが出るぐらい満席だった。

このキャンセル待ちもコードシェアで帝国空輸便で運べるのが大きい。

実際に購入交渉をした藤堂が説明する。

「はい。赤丸商事の担当によると、もともとは東南アジアの富豪が使う特注品だったそうです。それがアジア通貨危機でキャンセルとなって、宙に浮いたとの事。四機五百億円の所、三百五十億円まで安くしてもらいました」

私達はタラップを登って中に入る。

まるで飛行機とは思えない空間が広がっていた。

「うわ。私の知っている飛行機じゃないわ。これ」

私の物言いに、ついてきた橘と藤堂も苦笑する。

藤堂が奥にと手を向けて私が奥に行くと、途中にはラウンジがあり、後部にはベッドが。

「この機の航続距離だと、東海岸まで直で行けるみたいですね」

藤堂の説明だと機内のベッドで寝て目が覚めたら欧米の空。なんてセレブリティなのだろう。

「とはいえ、維持にはかなりかかるでしょう?」

「はい。個人でこれを持つのはお嬢様でも少しきついかと」

「ですが、私はお嬢様の為に保有してもいいと思っています。『ムーンライトファンド』絡みでシリコンバレーの方から色々お誘いがありますし、彼らをこちらで接待するのにも使えます」

橘が懸念を示し、藤堂は肯定的にこの機体の感想を告げる。

なるほど。

こいつの処遇で意見が割れたから、私に判断を仰いだという訳だ。

「いいわ。保有しましょう。これ貨物は使えるの？」

「手は入れてないみたいですね」

「新千歳―成田で貨物便の免許を出しておいて」

「定期貨物に使うのはもったいなくないですか？」

私の確認に橘が答え、藤堂が今度は懸念を示す。

私が子供にふさわしくジャンプしてベッドに飛び込むと高級ベッドらしくふかふかだった。

「貨物に使うのは別の機よ。けど、これを使うために新千歳まで行くのは面倒でしょう？　羽田は枠がいっぱいだから、この手のビジネスジェットが入れるのが成田しかないのよ。貨物便で成田の発着枠を押さえたついでにレンタルして、少しは経費を回収できたらいいのだけど」

嬉しい誤算だったのは、財閥社会・貴族社会が残っていたので需要があったらしく、レンタルを始めたらあっという間に埋まってしまった。

セレブリティな方々はヘリで成田まで飛んで、そこからこの空飛ぶホテルを堪能して欧米へ飛んだらしい。


『桂華グループ傘下で今秋新会社となる赤松商事が北海道でビジネスを加速させている。

北海道開拓銀行が桂華銀行として救済された結果、北海道で圧倒的なシェアを握るようになったのだが、帝西百貨店グループを子会社に持つ事が決まった為に、北海道の生鮮食品を帝西百貨店グループで売るというビジネスが成立するようになったからだ。

北海道の生鮮食料品は都心部で十二分に商機があり、その運搬と投資に誰もが二の足を踏んでいたが、桂華銀行が北海道の第一次産業従事者に低金利ローンを提供し、帝西百貨店がそれを独占的に販売。物流等の管理を赤松商事が行う事でこのビジネスは成り立っている。

有識者の「北海道を桂華グループが買収したようなものだ」という批判的な声もあるが、北海道民は「誰も助けてくれなかった北海道開拓銀行を身銭を切って救済してくれた桂華の悪口は許さない」と……』


酒田のコンビナート事業は、合併する赤松商事の資源管理部の最重要プロジェクトとなっている。というか、この酒田のコンビナート事業を進める為に赤松商事を作り出したと言っても過言ではない。その為、この資源管理部は社長である藤堂長吉直轄の部署になっている。

「結論から言いますと、国家事業としては成功しません」

私を前に藤堂は毅然と結論から口にする。テーブルには極東の地図があり、資源とその搬送路が書かれている。

「石油や天然ガスをはじめとした資源価格は、アジア通貨危機による需要の減退から低迷しています。国の下駄があるとはいえ、ここで発電しても元を取るのは難しいですよ」

この場に居るのは私と藤堂と一条と橘のみ。あくまで社長直轄プロジェクトではあるが、秘密保持の為に人間を絞り切った結果である。

「ムーンライトファンドが抱えているドルは米国ＩＴバブルの急成長でどんどん含み益を膨らましています。赤松商事の誕生から帝西百貨店グループ救済までの資金を供出しても、ドルならまだ余裕がありますよ」

一条がムーンライトファンドの含み益のレポートを手にもって楽観的な口調で報告する。

そう。ドルなのだ。不良債権処理に必要なのは日本円であり、米ドルを日本円に換金する必要があった。

他の銀行との交渉で不良債権処理を進められたのは、ニューヨーク支店でのドル決済を認めてもらえたから、つまり米ドルを渡して為替リスクは向こうの銀行持ちというのがある。紙切れに等しい不良債権が為替リスクのみで満額に近い形で返ってくるのだから、大手銀行は喜んでこの取引に飛びついた。

この取引でムーンライトが手渡したあぶく銭は一兆円近いがまだ余裕があるというのだから、いかにこのＩＴバブルが巨大であるか分かろうというもの。

今までは、泉川蔵相の下で不良債権処理の緊急事態という事で見逃してもらったのだが、泉川蔵相が大蔵省の汚職の責任をとって辞任した結果、与野党が問題視しだしていた。

どうやってこの米ドルを日本に持ってくるか？　その解答が赤松商事であり社長直轄の資源管理部である。

「で、どうやって米ドルを日本円に替えるのかしら？」

私は楽しそうに尋ねると藤堂が同じく楽しそうな笑顔で返事をした。

「天然ガスではだめですが、石油ならば手がない訳ではありません。タンクに貯め込んで高くなったら売ってしまえばいい。今の日本の石油自給率は樺太を除いたら1%を切っています。価格は下落していますがゼロには絶対になりません。急ぎで日本円が必要ならば価格損を許容しても換金できます」

要するに、貯金箱ならぬ貯蓄タンクという訳だ。日本の石油のほとんどは中東に依存しており、中東からタンカーで日本に運ばれるまでおよそ半年ほどのラグが発生する。安いタイミングで買い漁った原油をこのタンクに貯める事でこちらの自由なタイミングで換金できるというのが強みだった。

「いくらぐらいの規模を想定しているの？」

「むつ小川原国家石油備蓄基地が五百七十万キロリットル、秋田国家石油備蓄基地が四百五十万キロリットル、新潟共同備蓄基地が百二十万キロリットルですね。秋田と新潟の間にできるから、三百万キロリットルは欲しい所でしょうか？」

そこまで言って藤堂は実に楽しそうな笑みを浮かべる。

「ここからが本題です。石油備蓄は国家戦略ですから、色々な介入がやってきます。その介入をはねのける必要があるのですが、お嬢様はそのあてはありますか？」

あるにはあると言おうとして黙り込む私。一人は失脚した泉川前蔵相、もう一人はこの酒田が地盤である加東幹事長。つまり、この夏に行われる参議院選挙が大事なのだという事に。

「どうなの？」

「厳しいと言わざるを得ません。贔屓目に見ても6対4で、今のままでは7対3で泉川氏は負けるでしょう」

参議院選挙前に私は橘に頼んで、裕次郎くんのお兄さんである泉川太一郎氏の選挙分析をしてもらっていた。

その結果は良くはないというか、ぶっちゃけると悪い。

「まず、お父君である泉川議員が大蔵省のスキャンダルで引責辞任に追い込まれたのが効いています。その上、太一郎氏が新人という事が足を引っ張っている状況です」

「新人だと何が悪いの？」

テーブルの十数枚のレポートを眺めながら、私は質問する。

橘は一枚のレポートを持ち、私に手渡す。

「泉川氏が立候補する予定の選挙区の定数は二人。それを与野党一人ずつが分け合っています。与党候補者は野党候補者の二倍以上の票で当選していますが、これを綺麗に割れるとは思えません」

この票を分割する事を票割りといい、綺麗に半分に割れるのならば、理論上は与党議員と泉川氏が当選できる。

「無党派の増大がこの状況下では悪影響を及ぼします。無党派の大部分は野党に入れる投票行動が見られます。県庁所在地をはじめとする大都市に無党派が多く居る現状、野党側の票は増える事はあれど減る事はないでしょう」

大票田の大都市の無党派が野党側でまとまっているからこそ、野党側は崩れない。

この無党派層は２００９年以降にならないと目を覚まさないので、今は置いておこう。

そうなると、今はまだ地方で圧倒している与党支持層の動向である。

「選挙は、義理人情がものを言います。派閥の長であり、次期総理候補と目されていた泉川議員に恩を受けていた人間も多いですが、それ以上にスキャンダルで断る理由ができたのが痛いのです。多分、与党議員の方が泉川氏の支持者を切り崩しますよ」

「これだから派閥争いってのは……」

頭を抱える私。

日本政治に野党があまり登場しないのは、与党立憲政友党内部の派閥争いが疑似政権交代の役目を果たしていたからで、こういう風に同じ選挙区に同じ政党の議員がいる場合、ほぼ必然的に違う派閥に属する事になる。表向きは味方ではあるが、選挙になると足の引っ張り合いというとても楽しい光景が見られる訳で。

90年代の選挙改革は、この派閥争いの解消というお題目で進められた側面は否定できない。

こうやってバッティングが発生すると、そりゃもう党中央を巻き込んで壮絶に揉(も)める訳で。

「ちなみに、中央はどう言っている訳？」

その中央で参議院選挙を取り仕切っていたのが、泉川議員から派閥を奪い取ろうと激しく攻撃を加えている加東一弘(かずひろ)幹事長である。

橘は探りを入れていたらしく、淡々とその結果を告げる。

「『公認は難しい。当選後公認なら考える』だそうです」

やる気なし。立憲政友党中央の選挙分析も泉川太一郎氏の敗北を予想している訳だ。

さて、困ったぞ。ここで泉川氏が負けると、加東幹事長とも繋がっていると見られる私に恨みの矛先が向けられかねない。

未来を知っているだけに、裕次郎くんと敵対するリスクは減らしたい訳で。

「なんとか当選させる手はないかしら？」

その言葉に、橘が私に尋ねてきた。

橘の目線は若干厳しめである。

「それは、泉川裕次郎さまの為でしょうか？」

「まあね。仲良くなったのに、大人の都合で険悪になるのはいやよ」

続けて橘に拒否できない理由を突き付ける。

それぐらいの恩を裕次郎くんは誇っていいはずだ。

「それに、私の誘拐事件の時に、彼はみんなと一緒にわざわざ犯人の前に出てくれたのよ。その恩を私は返していない」

橘はため息をつく。

選挙は義理人情がものをいう。

橘の言葉が、私の意思として跳ね返る。

「選挙区は厳しいでしょう。だったら、比例代表しかありません。拘束名簿式ですので、どこに名前が載るかが大事になります」

ならば、手がない事もない。

こちらは泉川議員にも加東幹事長にもコネがあるのだ。

「いいじゃない。コネと金はこういう時に使いましょうよ」

加東幹事長への札は、酒田の石油備蓄基地。

桂華グループの全面支援が取引材料だ。

「泉川議員へはどのように？」

裕次郎くんには恩があるが、泉川議員には派閥パーティーに出ての誘拐騒ぎだったから、恩というより仇の方がある形になる。

そこで、橘を納得させる為にも別のロジックを用意する必要があった。

「北海道」

私の言葉に橘が首をひねる。

続きを待っている橘に私は口を開く。

「北海道開拓銀行の救済で、北海道経済界に桂華グループは足場を築いたわ。あそこは公共事業が経済を回しているから、桂華グループとしても政界の代理人は必要になる」

公共事業は中央の金をどうやって地方に持ってくるかという側面がある。

その為、中央と繋がりがある先生が居るのと居ないのとでは、金の引っ張り具合が変わってくる。

「つまり、泉川氏を使って泉川議員にお願いすると？」

「スキャンダルで引責辞任に追い込まれても、大臣まで務めた大蔵族の大物よ。桂華グループとしては、これ以上ない代理人になるわ」

私の笑顔に、橘は諦めのため息をつく。

その上で私に確認をとった。

「選挙は金がものを言います。ある程度の献金は覚悟してください」

「あら？　桂華銀行救済時にドブに捨てたお金より高いのかしら？　それ？」

選挙はお金がかかる。

だが、それもマネーゲームで膨らみきった数字としての現金に比べると些細なものだった。

事実、橘の事後報告では、この時使ったお金は百億ほどになったが、今のムーンライトファンドにとって、それははした金でしかなかったのである。

後日談。

親がスキャンダルの渦中に居るので、極力一人で居ようとする裕次郎くんが私の隣を通り過ぎた時、その言葉が耳に入る。

泉川太一郎氏が地元立候補を諦め、比例代表に回ったというニュースが流れた翌日の事である。

「桂華院さん。ありがとう」

振り返る事はしてほしくないだろうし、こちらも振り返るなんて野暮な事はしない。

だから、知らないふりをしようとしていたら、栄一くんがやってきた。

「瑠奈。何か言われたのか？」

「さぁ……って、栄一くんは裕次郎くんを追いかけているの？」

「ああ。気を使って一人で居ようとするが、そんな風に気を使われるのが気に入らなくてな。つきまとってやろうと」

「がんばれ。応援してあげるわ」

「おう。捕まえたら光也のやつも誘ってアヴァンティに行こうぜ」

そんな事を言って栄一くんは去ってゆく。

それを見送ってから、私はゆっくりと虚空に裕次郎くんへの返事をつぶやいた。

「どういたしまして」

と。


日本の企業グループは株式の持合を中心にした緩い企業連合によって構成されている。

財閥系企業は中核会社や持株会社という形で指導ができるが、昨今の中小財閥解体でそれらの企業が身を守る手段として静かなブームになろうとしていた。

私は自分の屋敷の居間で、用意されていた書類に目を通した。

「鳥風会。なかなかの名前じゃない」

桂華グループは本来の桂華製薬を中心とした中堅財閥から、極東グループや帝西百貨店グループ、赤松商事等を含めた企業グループに成長しようとしていた。

そうなると問題になるのが、中枢企業による他企業の統制であり、その解決策としての社長会による集団指導体制である。

なお、社長会だと味気ない事から大体雅な名前がつけられる事が多く、桂華グループが作ろうとする鳥風会の由来は『花鳥風月』からで、桂（月）華（花）を取って『鳥風会』である。

「これだけ大きくなると桂華製薬だけで指導はできないか。で、社長会参加企業はどこ？」

私の質問に橘が答える。

「桂華製薬に桂華化学工業に桂華海上保険と極東生命、桂華倉庫、桂華ホテル、帝西百貨店に秋に合併する赤松商事です。社長会の開催に伴って、株式の持合と整理が行われる予定です」

グループの統治に株式の持合を行うのは悪くない手ではあるが、急拡大の結果現在の桂華グループはそれが歪んでしまっていた。

旧極東系の桂華ホテルは、旧北海道開拓銀行のリゾートをもらい、帝西百貨店グループ保有のトリプルオーシャンホテルとの合併を計画しており、桂華製薬や桂華化学工業が持っていた持ち株比率が低下していた。

帝西百貨店や秋に合併する赤松商事は不良債権の切り離しに伴う損失の責任をとる為に減資しており、ムーンライトファンドから資本を注入されていた。

ここで問題になるのは、ほぼ国有化された桂華銀行とその子会社である桂華証券である。

現在この二社は不良債権処理を日銀特融で賄った事で大蔵省の影響力が大きく、大蔵省が不祥事で脳死している今の内に桂華グループで経営権を握ってしまおうと考えたのだ。事実、不良債権処理を終えたこの二社については国有化を解除して再上場する形で不良債権処理終了のイメージを作る事ができるという下心もない訳ではない。

また、大蔵省が考えていた金融ビッグバンのモデルケースとしても期待されていた。金融ビッグバンの目玉の一つが金融持ち株会社であり、銀行・証券・保険の一体経営を可能にする金融再編の切り札をこの二社を使ってやってみようという打診が来ていたりする。

桂華グループには桂華海上保険と極東生命という保険会社もあり、帝西百貨店グループには中堅規模の生保・損保・証券会社が存在していた。

これらの合併ついでに、桂華銀行と桂華証券と一緒にして桂華金融ホールディングスとして一体経営をというのが大蔵省が当初考えていたプランである。それが大蔵省のスキャンダルで吹っ飛んでしまって雲行きが怪しくなってきたので、こっちで抱え込んでしまおうという訳だ。

スキャンダルで身動きがとれない大蔵省は、こちらの差し出した助け舟に飛び乗った。法関連の整備だけ進めて競売という形で売りに出したのである。あとはその競売で桂華銀行と桂華証券を買い取ってしまえばいい。

「で、ムーンライトファンドを使って、これらの株を買って持合を完成しようという訳ね」

「はい」

私の確認に橘が頷く。

私が握っている『ムーンライトファンド』の資産はＩＴバブルに乗って不良債権処理で一兆円ほど使ってもまだ数千億円の資産規模になっている。

この資産を担保に桂華銀行から資金を借りて桂華銀行株を買って、株式の持合を完成させようというのが今回の話である。

米国に本拠があるムーンライトファンドは、桂華銀行とは別扱いな点を使った仕掛けである。

『……現在の日本の不況は、財閥経営とそれから逃れたい財閥がグループという欺瞞でごまかそうとしている事から始まっているのです！　日本再生の為には、断じてこれを許してはなりません!!　財閥から日本経済を解放し、構造改革によって日本経済を再生……』

テレビの経済番組から聞こえる野党議員の批判は、日銀特融を利用して好き勝手して焼け太りしているように見える桂華銀行に批判が集中していた。

私はテレビを消して首をひねった。

「で、あれは何？」

「見ての通りのやっかみだと思いますが」

私の質問に橘はそっけなく答える。

こちらがグループの再編を始めようとした矢先の批判である。

それに合わせてテレビの経済番組や週刊誌では、財閥解体とグループの株式持合の解消という形で批判が噴出していた。

「これ、仕掛け人がいるわね」

私は断言する。

まぁ、前世で知っていただけとも言うが。

「ハゲタカファンド。たしかに食べるには美味しいでしょうね」

倒産した企業を買ってその資産を売却したり、企業再建をして再上場や売却で利益を得るファンドの事を日本ではまとめてハゲタカファンドという。

不良債権に苦しむ日本企業は、彼らハゲタカファンドにとって格好の買い時になっていた。

とはいえ、金融機関が前世より持ち堪えているので、手が出しにくいというのがあったのだが、大蔵省不祥事のせいで身動きがとれない桂華銀行と桂華証券は彼らに隙を見せた形になっていた。

「確認したいから、桂華銀行と桂華証券の株価と株主についてお願い」

「現在の桂華銀行株は合併と減資を繰り返した事で、上場を廃止しております。大蔵省が株式のほとんどを握っており、おそらくはこの株式を取得するというのが彼らの目的でしょう。桂華証券は桂華銀行の１００％子会社となっており、桂華銀行を入札で落札すれば必然的に桂華証券も手に入るという仕組みでございます」

桂華銀行と桂華証券に融資した日銀特融は無担保無制限ではあったが返さないといけないものである。金融危機が落ち着いた事と私経由一条指示でＩＴバブルの外馬に乗った事でかなりの額の返済にめどがついていた。その完済に一番都合が良いのが、今回入札にかける事になった桂華銀行株の売却だった。

入札費用については公開する前にムーンライトファンドから桂華グループ各社に過半数を割り当て、残りは株式公開後に売却すれば、上場益によって元はとれるという仕掛けになっていた。

それを横から掻っ攫うつもりなのだ。

桂華銀行を手に入れれば桂華証券がついてくるし、桂華グループの基幹銀行だから帝西百貨店グループ・赤松商事とかにもアクセスできる。売り払うにせよ、企業再生するにせよ宝の山が手に入る。

「競売になるわね。これ」

目前に迫った参議院選挙を前に、支持率を上げたい与党にとって桂華銀行の問題は政治案件になってしまっていた。

その為、中でなあなあで進めるはずだった桂華銀行の株式取得問題は、競売という形で公平に進める事になるだろう。

考え込む私を尻目にドアがノックされて、メイドの時任亜紀さんが橘に何かを囁く。

「お嬢様。お嬢様にお客様がいらっしゃっています」

「今日は誰も来る予定はなかったはずだけど。その無粋な客ってどなた？」

ジト目で尋ねた私に、橘は亜紀さんからもらった名刺を差し出した。

えらく長い横文字の肩書きの下に、名前が記されている。

「パシフィック・グローバル・インベストメント・ファンド。極東地区ファンドマネージャー。アンジェラ・サリバン氏と名乗っておられます」

「ぶぶ漬けですがどうぞ」

「まぁ、嬉しい。私、ぶぶ漬け大好きですのよ」

アンジェラの流暢な日本語での挨拶を聞いて、皮肉が通用しねぇと頭を抱える。

これだから外国人ってのは。

こちらの事など気にもせずに、アンジェラは単刀直入に用件を切り出す。

「ムーンライトファンド。その実質的なボスは貴方ですね。リトル・クイーン」

犯人は貴方だとつきつけられている気分だが、彼らハゲタカファンドは膨大な資金と途方もないコネがある。

ばれないとは思っていなかったが、真っ向からつきつけられたのはこれが初めてだった。

「小学生が数千億円の保有資産を抱えるファンドの支配者って言っても普通の人は信じませんわよ？」

「通信は正直ですよ。ムーンライトファンドの重大投資案件のほとんどは桂華銀行本店で決められており、その桂華銀行本店とこの屋敷の間の通信量が増大している。ならば、誰がボスか分かりますとも」

米国にはエシュロンと呼ばれる通信傍受システムがある。

その実態は闇に包まれているが、知っているならば『桂華銀行の競売におけるこちらの入札情報が筒抜けですよ』という脅しに変わる。

「でしたら、もう一枚名刺をお出しになったらいかが？　あるのでしょう？　鷲のエンブレムが入った名刺が」

　エシュロンをちらつかせるのならば、むしろ持っていないとおかしい。

　私が先に正体をばらした事で確信的な笑みを浮かべたアンジェラは言われるがままに、もう一枚の名刺を差し出した。

「アメリカ合衆国日本大使館付情報分析官。大変ですわね。ＣＩＡがわざわざ同盟国の経済スパイをしているなんて」

「東側が崩壊しても、警戒の手を緩めるほどこの業界甘くはないのですわ。女王陛下」

　要するに私の両親の東側内通からずっと私はＣＩＡに見張られていたという訳だ。

　原作の物語では悪役令嬢として破滅したが、こうやってこの世界で生きてみると分かる。

　桂華院瑠奈の背後にはいくつもの地雷が埋め込まれており、その最大のものがこれだと。

　そう考えると、主人公を出汁にしてテイア自動車を乗っ取りにかかった旧東側のスパイというのが、本来の私の立場だったのかもしれない。

　今のアンジェラみたいに次に接触してくるのは、ロシアか別の国か。

「話を戻しましょう。要するにこう言いたいのでしょ？　『桂華銀行の競売から降りろ』と」

「お話が早くて助かります」

　桂華銀行の競売の落札予想金額は、およそ八千億円。

下手をすれば兆まで行くスリリングどころではないゲームなだけに参加するプレーヤーは限られている。

米国はこの桂華銀行買収をテコに、財閥によって固められた日本経済界に風穴を開ける事を狙っているのだろう。

「たとえ降りたとしても私にメリットがありませんが？」

「そうですね。降りた所でメリットはありません。ですが、勝ってしまうと、我々に目をつけられるというデメリットが生まれます」

にこやかに言い切るアンジェラに私は苦笑するしかない。

これを脅迫と言わずしてなんと言おうか。

「一応同盟国の中枢層に属している人間に対する物言いではないですわね。それ」

「申し訳ございません。金というものは、本当に平等なものでして」

初手の脅迫が彼女の役割。

最初にガツンと脅して、そこから譲歩を勝ち取るというやつだろう。

「この案件は巨額の金が動きます。私を降ろすという事は、その金を用意できるという訳ですね？」

「もちろん。いくつかのプランはありますが、そこから先はご容赦を」

ムーンライトファンドは米国に拠点があり、その資産の中核は米国ハイテク株で、それを担保に資金を借りる必要があった。

だが、桂華銀行の競売においては、今までみたいにムーンライトファンドの資産を担保にして桂華銀行から借りるという事ができない。

桂華銀行の中立性が損なわれるからだ。

その為、巨額の資金調達を帝都岩崎(いわざき)銀行を中心にする国内銀行によるシンジケートローンで賄う形になっていた。

もちろん大蔵省主導の奉加帳方式のおかげだ。

一方、ハゲタカファンドはこういう資金を市場から調達する。

下手をすると、桂華銀行の解体で得た利益を餌に寝返っている国内銀行が出ていると考えるべきだ。

桂華銀行は子会社として国内四大証券の一角だった桂華証券を持っている。金融ビッグバンと呼ばれる、金融の規制緩和に先んずる為にも、国内大手銀行の誰もが桂華銀行を狙っていたと言ってもいいだろう。

「お話は分かりました。私としましても、怖い人達に目をつけられるのはいやですからね。考える用意があるとだけ、偉い人に伝えておいてください。お帰りになられるみたいなので、見送ってあげて頂戴」

「感謝します。では。失礼」

テーブルの上に置かれた冷めたぶぶ漬けには一切手をつけずに帰るアンジェラの姿が見えなくなってから私は嗤(わら)う。

「けど、貴方達そもそも競売に参加する余裕はあるのかしら？」

「現在開票作業が進んでいる第18回参議院議員選挙ですが、情勢は与党立憲政友党が過半数に届かない公算が高く敗北が予想されています。各地の結果は以下の……」

議員というのは落ちたらただの人である。

それと同じで、支援者にも明確な線引がある。

結果が出る前に事務所に入っているかだ。

大体それでどこの議員も譜代と外様を決めている。

「遊びに来たわよ！」

「おい！　瑠奈！　手を引っ張るな!!」

「お邪魔します」

開票結果の報道が始まろうとしている中、参議院議員比例代表候補者泉川太一郎事務所に場違いに明るい声が響き、支持者達の中からもどよめきが湧き上がる。

そんなのを裕次郎くんは無視して、私達の方に駆け寄った。

「わざわざ来なくても良かったのに」

「手伝っている友達を応援に来たんだ。何が悪い事がある！」

こういうツンデレをだしてくる栄一くんの口調は若干速くなる。

一方で片目が欠けている達磨を眺めながら光也くんは小声で話しかけた。

「で、状況はどうだ？」

「良くはないけど、まだ勝ち目があるといった所。選挙区じゃなくて比例代表に変わってなかったら危ない所だったよ」

アジア金融危機と消費税増税という不景気の波をモロに被って苦戦必至だったのに、大蔵省の不祥事に与党の選挙ミスが祟って複数区でかなりの取りこぼしが発生しようとしていた。

その結果この選挙で与党は内閣総辞職に追い込まれて、与党総裁選を経て新内閣が発足する。

本来ならば、泉川前蔵相は総裁後継者第一ランナーだった。

「よく来てくれた。君達が来てくれた事は絶対に忘れないよ」

私達を見つけた秘書が泉川太一郎候補者を連れてくる。

前はきつい感じがした彼だが、憔悴しているのに丸くなった感じが出ている。

比例代表となると全国を飛び回るか、地元で徹底的に足場を固めるかの二つしかない。

泉川太一郎候補者は地元の関東だけでなく、私の縁で北海道を精力的に回る羽目になり、かなり苦労したのだろう。

まぁ、そうなるよな。私が橘と一条を使って北海道の地盤とカバンを用意したのだから。

北海道開拓銀行の縁から始まる、北海道経済界だ。

看板だけは自前で用意しろというのがどれほど楽な選挙なのかを泉川家は理解している。

そして、その見返りとして桂華銀行売却問題に忖度をという所まで理解している。

「お気になさらず。友達の応援ですわ」

がっしりと私の手をとって握手する太一郎氏と私にカメラのフラッシュがたかれる。

これで当選したら、多分ここの地方新聞の二面あたりを私が飾る事になるだろうな。

「結果が出たら父が会いたいと言っている。すまないけど、お願いできるかな？」

私にしか聞こえない小声で囁いて、太一郎氏はまた有権者の中に戻ってゆく。

その支持者達の輪から拍手と万歳が聞こえてきたのは、日付をまたいだ翌日の事だった。

「第18回参議院議員選挙は与党の敗北に終わり、総理は先程党本部にて敗北の責任をとるという事で辞職を表明し……途中ですが失礼します。比例代表最後の一つが決まりました。立憲政友党、泉川太一郎氏。当選です！」

「待たせてしまったね。小さな女王陛下」

「もぉ。みんなしてどうしてその呼び方をなさいますの？　嫌いではないですけど」

事務所内の爆発的な大騒ぎの中、奥の部屋で行われた泉川辰ノ助議員との会見は両者ともまったく笑顔がなかった。

泉川議員は私を値踏みし、私はその目に冷徹な計算をたたえていた。

「で、君が息子をここまで引き上げる理由は桂華銀行の件でいいのかな？」

「違いますよ」

私のあっさりした一言に泉川議員は呆気(あっけ)にとられる。

そんな事にお構いなしで私は用意されたグレープジュースをぐびぐびと飲み干す。

「強いて言えば、裕次郎くんの為ですかね。私が言える義理ではないですけど、もう少しなんとかならなかったのですか？」

「……それについては返す言葉がないな。落ちればただの人だから、いやでもしがみつく。因果な商売だよ」

泉川家は四人兄弟で、男二人と女二人。この女二人が問題になってしまっていた。

長男・長女・次女・次男の構成なのだが、次男である裕次郎くんだけが泉川議員の後妻との子供だった事が問題をややこしくさせた。

いや、正確には彼女達の夫であり、婚約者の方なのだが、それぞれ相手が有力県議と市議だったのだ。

太一郎氏の人気がいまいちだった事もあって、後継者をと狙って既に動いていた。

太一郎氏が落選していたら、ゲーム内と同じく派手なお家騒動が勃発しただろう。

「とはいえ、極めればそれは人に誇れるものです。どうです？　もう一花咲かせてみませんか？」

「……驚いたな。君の本当の狙いは私だったのか」

彼は太一郎氏落選の為かこの後の総裁選で自棄に近い出馬をして敗北し、そのまま政界を去る事になる。

金融関連で睨みを利かせられる泉川議員が居るか居ないかで今後の日本経済のコントロールが格段に変わるのだ。

「ちょっと失礼。もしもし。私だ」

ふいに泉川議員の電話が鳴り、彼はそのままオンフックで私にも聞こえるようにする。

その声は、泉川議員のライバルだった人だった。

「泉川君。息子さんの当選おめでとう」

「君から祝福されると何だかくすぐったいな。渕上恵一外務大臣」

私が知る世界において、次の総理になる人物の名前が出てくる。

それは、次期総理からの手打ちのお誘いだった。

「どうだろう？　選挙で敗北した事もあり、中で揉めている余裕はないはずだ。私に協力してくれないかね？　見返りは用意している」

今、私は歴史改変の転換点に居た。

それが正しいか間違っているか分からないが、私の手は卓上のメモとペンを取り、メモを破って書きつけたものを泉川議員につきつけた。

泉川議員は私を見て、そしてそのメモを見て、私を睨む。

私も睨み返す。

その沈黙は長くなかったのに、永遠とも思える時間を感じた。

「……副総裁か副総理」

「いいだろう。それなら用意できる。君の派閥の大臣候補者リストを用意しておいてくれ」

その声に私は安堵のため息をつく。

副総裁か
副総理

そして電話の向こうから、とんでもない奇襲が私に突き刺さる。

「それと、君の協力を引き出してくれた小さな女王様に感謝を伝えておいてくれ」

「分かった。彼女、その名前気に入っているそうだ。切るぞ」

何でバレたと呆然(ぼうぜん)とする私に、泉川議員がこの部屋に入ってから初めて笑った。

「やつは耳が良いんだよ。電話の向こうの音も拾っているらしいからな。多分、書いた音とメモを破った音で第三者が居る事を察し、さっきのため息で君の事を察したのだろうな。息子と握手していた時にテレビカメラが回っていたのに気づかなかったかい？　党本部にはちゃんと各局全部見られるようにテレビを用意させて専属の職員が居るのだから、気づくやつは気づくよ」

「まぁ。政界って恐ろしい所ですわね」

「私から言わせると、君のお祖父(じい)さまを思い出すよ。あのお方も妖怪じみていたからな」

「ひどぉい！　これでもレディなのですよ!!」

そして二人して笑いあう。

ドアがノックされて秘書が入ってきたので私達は笑顔をもとに戻した。

「失礼します。マスコミが太一郎議員への花束贈呈の絵を撮りたいそうで」

「だそうだ。よかったら花を添えてやってくれないかい？」

「高く付きますわよ。もぉ」

渕上恵一内閣が成立した時、泉川辰ノ助議員は立憲政友党副総裁という役職で党から内閣を支える形になった。

彼と彼の派閥は渕上内閣成立に協力した事でポストを優遇され、復権を内外に印象づける事に成功したのである。

そんな渕上内閣の初仕事の一つがロシア金融危機と桂華銀行売却問題で、日本経済にその打撃が波及しないように防げたのはこの内閣の功績の一つと言われるようになる。


「私、おたくのお兄様から殴られた上に、屋敷の門を跨がせないと警告を受けているのですが？」

「だから、こうして出向いてきたのじゃないの。私もバレたら仲麻呂お兄様に叱られますわ」

霞が関の指定された喫茶店の奥の席で、私は執事の橘を連れて警察庁公安部外事課の前藤正一警部と対面する。

「で、今更終わった話をほじくり返す理由を聞かせてもらっていいですかね？　しかも、泉川副総裁だけでなく元外相……いや、今は総理ですか。あの人までこの話に噛んでいるときたら、確認しないと話せないでしょう？」

前藤警部の顔は呆れているように見えるが目は笑っていない。実際危ない話なのだ。これは。

私は出されたグレープジュースをストローで飲みながら本題に入る。

「私の誘拐未遂事件、犯人はロシアンマフィアという事ですけど、さらに裏がありますよね？」

「こういう場で話すには危ない話だと思いますけどね」

「あら、私は前藤警部の能力を信用しておりますのよ」

向こうが指定してきた喫茶店だ。多分、店員だけでなく客も公安関係者と見た。今回のお話はそれぐらいやばい代物である。

「状況が変わりましたから。やり過ぎたんですよ。あれを仕掛けた黒幕」

日本の裏諜報機関と呼ばれた総合商社を合併させて私が抑えた事がここに来て効いてきた。赤松商事社長に押し込んだ藤堂は石油畑を歩んできたその道のプロだ。それぞれの商社が握っていた人脈の情報から背景ががらりと変わった事を私は察する事ができたのである。

「アジア通貨危機で日本の救済を押し留めて、米国のヘッジファンドは莫大な利益をあげた。ここまでは彼らのシナリオ通り。けど、彼らは危機の連鎖を制御できなかった上に、日本の橋爪内閣がぶっ飛ぶ事まで想定していなかった。いや、橋爪内閣は倒したいけど倒したタイミングが最悪だったかな」

「何をおっしゃりたいのか、よく分かりませんなぁ」

とぼける前藤警部に私は決定的な一言を告げる。

「ロシアで金融危機が起きるわ。しかも、それに米国が巻き込まれる」

「え？」

前藤警部に橘が用意したレポートを差し出す。

金融部門に居た一条と石油取引の最前線に居た藤堂を擁していた事が、私の事前知識の裏付けとなってこの場に現れる。

「……これは、本当ですか？」

「嘘だったら、ここで私は貴方とお茶していないでしょう？」

アジア通貨危機で複数国が経済危機に陥り、それを助けられた日本は内閣交代で外交的に死んでいる。その結果市場に蔓延した不安心理が新興国の債権の投げ売りを進め、更に新興国が経済危機に陥るという悪循環は、米国ヘッジファンドが安定資産と考えていたロシア国債にまで波及しようとしていた。

「で、私に何をお聞きになりたいのですか？」

アンジェラなるＣＩＡだかヘッジファンドマネージャーだかが私に接近してきたのは、つまるところ私の金でこの危機の穴埋めがしたいというのが本音だろう。

「もちろん、黒幕の名前を」

「私から聞かなくても、察しているでしょうに。このレポートが本物ならば黒幕も地獄に落ちる訳で、あなたは何もしなくていいでしょう？」

軽口の応酬だが、互いに目はまったく笑っていない。

「探偵はあくまで推理をするのみ。逮捕はお巡りさんの仕事でしょう？」

「なるほど。私の口から犯人を聞き出して、それを公的見解としてお偉方に利用すると」

「話が早くて助かるわ」

私は未だ小学生だし、桂華グループが企業として動いてもそれは事件の当事者という色がついてしまう。警察からの見解として犯人を出せるならば、それを前提に色々な所に働きかける事ができるのだ。

「お嬢様が考えている通りですよ。あの時のロシアは権力闘争真っ只中だった。そして、このレポートが本当ならば、多分今の首相は持ちません。これでいいですか？」

「ええ。その言葉が聞きたかったの。前藤警部」

天真爛漫な作り笑顔で私はポケットからレコーダーを取り出し、停止ボタンを押す。

もちろんこれは録音していた事を見せるため。本命は私に仕掛けられた盗聴器で、そっちも録音済みである。

「なんならちゃんと書類を出しましょうか？　どうせ機密指定されますが」

「構わないわよ。見るの副総裁と総理だし」

「はぁ……またえらい仕掛けを考えているようで」

呆れ声の前藤警部を前に、私は真相を整理する。

かつて九段下で前藤警部が語った事は嘘ではない。ただ、その先を隠していただけである。ロシアンマフィアを雇っていたのはオリガルヒと呼ばれるロシアの新興財閥で、彼らはロシア政府要人と癒着する事で巨万の富をあげていた。

それは、オリガルヒを背景としたロシア内部の権力闘争に繋がり、失脚しかかった前首相が財産とロマノフ家の血を引く私に目をつけた。

ついでに言うと、前首相はソ連時代にガス工業大臣を務めており、巨大天然ガス企業を率いる財閥のトップでもある。

なるほど。酒田のコンビナート絡みで私に目をつけた訳だ。

「で、何をするんですか？」

「そりゃあ、誘拐されかかったのだから、それ相応の落とし前って大事だと思わない？」

前藤警部の声に私は軽やかに答えてレコーダーを橘に預ける。

「あんまり派手に動くと、米国の怖いお姉さんに叱られますよ」

当たり前のようにうちにアンジェラ・サリバン極東マネージャーが来た事を把握しているな。

まぁ、それでもこちらは構わないのだが。

「もちろん、同盟国だからそれ流してもいいですよ。信じてくれるのならばだけど」

何しろ、私が誘拐されかかった企業から出たレポートの上、このレポートでは破綻すると言われるロシア国債デフォルトの確率は、彼らヘッジファンドの計算では百万年に三回の確率らしい。小学生の妄言と受け取るか、桂華銀行競売の妨害の情報工作と受け取るかしかないのだ。

何しろ、今損切りをした所で遅すぎるし、何人もの人間がビルから飛び降りる事になる。今ならそこで終わるのだが、そのビルから飛び降りる人間に自分がなりたくない以上、判断は先送りされる。そして誰も助からない致命傷まで進んでしまうのだ。今でも、過去でも、未来でも。

桂華銀行競売の予定日は9月20日。

その日、ロシア経済危機を受けて各国経済が大混乱に陥る中、競売が行われた大蔵省に来たのはムーンライトファンド一社のみ。

そのころ、米国では大手ヘッジファンドの救済で手一杯だった。

『国有化されている桂華銀行の競売が行われ、ムーンライトファンド一社のみが入札に応じ、八千億円で落札する事になった。桂華銀行は第二地銀の旧極東銀行が母体であり、都市銀行の北海道開拓銀行・長信銀行・債権銀行の不良債権処理で合併し資金を出したムーンライトファンドの持ち主である桂華グループの名前をつけて桂華銀行と今は名乗っている。

また、同じく不良債権処理で苦しんでいた準大手証券会社の三海証券と大手証券会社の一山証券が合併した桂華証券を子会社として所有しており、桂華グループには極東生命や桂華海上保険、旧帝西百貨店グループに生保損保証券などの企業が残っている。

政府は不良債権処理が終わった桂華銀行を金融ビッグバンのモデルケースとして利用しようと考えており、この秋の国会にて金融持ち株会社法を提出し成立を目指すつもり……』

『渕上恵一総理はロシアを訪問した際に「日露間の創造的パートナーシップに関するモスクワ宣言」に署名した。また、官民合わせた巨額の経済支援を約束し、経済危機の痛手を克服しようとしているロシア経済に日本が全面協力する事を国内外に示す事になった。

特に注目されるのが、桂華グループが所有するムーンライトファンドが中心となって組まれたシンジケートローンで、返済は原油支払いでも可能とするというオプション契約がついて百億ドルものロシア国債購入という巨額融資となり、経済危機に苦しむロシア経済を日本が支援するという強烈なメッセージとなって……』

『渕上総理のロシア訪問が国際原油市場に波紋を広げている。ムーンライトファンドが中心となって組まれたシンジケートローンは本当に回収できるのかという声が出ているからだ。

石油市場に詳しい識者によると、かなりよく作られたものらしい。まず、このシンジケートローンはロシア政府は返済にドルを用いなくていい。おそらく返済の全てを原油で支払うつもりなのだろう。次に原油を受け取った日本側はこの原油を欧州に売却する事になる。なぜならば、ロシアの原油生産地からパイプラインが引かれているのは欧州側しかないからで、欧州にて売却した資金で今度は中東産の原油を買って日本に持ってくる事になる。もちろん、実際はこの欧州への売却と中東産原油の購入の手間を避ける為に、先物取引で処理される事になるのだが……』

『ロシア内部の政情不安に日本が関与したという噂がロシア国内で流れている。98年のロシア政界は不安定で内閣が何度か変わる事になったのだが、金融危機後に辞職した首相の後任を決める際に実力派の呼び声が高かった元首相の指名辞退の背景に日本が関与したというのだ。

この元首相はソ連時代にガス工業大臣を務めており、近年は巨大ガス企業を率いるオリガルヒの一人と見られていたのだが、渕上総理のロシア訪問後に結ばれた巨額のシンジケートローンに彼の企業が一切関与していない事が発覚した事が噂の背景と見られている。日ロの外務関係者はこの噂を公式に否定している。

このシンジケートローンが結ばれてから、ロシア政府はロシアの油田から極東の満州及びウラジオストクに向けた石油パイプラインの建設を発表。

日本の総合商社赤松商事とロシアの資源系企業の合弁事業となるこのパイプライン建設に、他の企業が絡むかどうか……』


立憲政友党幹事長室。

参議院選挙で大敗を喫した立憲政友党は渕上総裁の下で挙党体制で立て直しを図ろうとしていた。その象徴の一つが、この林幹事長の幹事長就任である。

彼は幹事長就任に伴い、派閥の継承の準備を進めていた。

「頼むよ。総ちゃん。君にしか頼めないんだ」

林幹事長が頭を下げた人物は弟分で先の総裁選で大敗した変わり者。

恋住総一郎。

前厚生大臣だった彼は、挙党体制に逆らって立候補して見事大敗した。

しかも、盟友の一人だった加東幹事長はこの挙党体制の波に二番目に乗るという裏切りをかましていた。

結果、総裁選では切り崩しの前に自派以下の票しか取れなかったという屈辱を味わう。

「自派すらまとめられなかった人間ですよ。私は」

「それについては貧乏くじを引かせたと思っている。正直、泉川さんが副総裁で取り込まれるとは思っていなかったんだ」

参議院選挙大敗による新総裁選挙は、不良債権処理を見事やり遂げた泉川前大蔵大臣と渕上外務大臣の争いと言われていたが、大蔵省のスキャンダルで足を引っ張られた泉川前蔵相の芽は消えて渕上前外相による挙党体制が早々と決まってしまったのである。

世代交代による派閥継承がくすぶっていた泉川派は、参議院選挙大敗の責任をとって加東前幹事長が職を辞し、泉川氏が副総裁として執行部に入った事で面子を保つ事に成功していた。

「泉川派が割れてくれたら、もしくは泉川さんが総裁選に出ていたら反橋爪派で一泡吹かせる事もできたかもしれない。公家集団と揶揄されて政局に弱いあの派閥らしくない寝技で総ちゃんが完全に干されるのを避けたいんだ。ここで総ちゃんの政治家生命を終わらせたくないんだよ」

挙党体制という形にできなかった渕上総理は、その報復とばかりに恋住元厚相に入れた連中を徹底的に干しあげた。

その最大の標的である恋住元厚相を守る為に、恋住元厚相の兄貴分だった林幹事長は継承する派閥の中にポストを用意したのである。

会長代理。文字通りのナンバー2であると同時に、一匹狼ゆえに裏切られないという林幹事長の下心も見える椅子の意味を恋住元厚相が分からない訳がなかった。

色々な思いを飲み込んだ末に、恋住元厚相はその椅子に座る事を了承した。

「林さん。一つ教えてくれないか？　泉川派を分裂させなかった黒子が居るはずだ。林さんの事だ。総理からその黒子の事を聞いているのだろう？」

恋住元厚相の質問に、林幹事長は信じられないような顔でその黒子の事を話す。

「ああ。総理は開票日に泉川さんに電話したらしいが、その時に副総裁につけと勧めた人間が居たらしい。信じられるかい？　『小さな女王様』桂華のお嬢様だよ。泉川さんの末息子と彼女が同級生で応援に来ていたらしい」

その名前を永田町の連中が知らない訳がない。

大蔵省が機能不全を起こしていた不良債権処理を桂華ルールなるもので救済してみせた事を、大蔵族議員でもある恋住元厚相は林幹事長よりよく知っていた。

「末恐ろしいお嬢様だな」

「まったくだ」

この時、恋住総一郎の頭に桂華院瑠奈という名前が政敵として刻まれる事になる。

彼と彼女の直接的な対決が起こる二年ほど前の話である。

【用語解説】

・選挙分析……この手のは、簡単なのは新聞や週刊誌の選挙予測をまとめて、各メディアの優劣をまとめるだけでもある程度の傾向が見えてくる。金と時間をかける場合、これに最近の他の選挙データ、参議院選挙だと選挙区がかぶるから知事選データはなかなか使えたりする。参議院を落とす場合、結構な確率で知事も落とす傾向があったりする。

・お断り……同じ党の支持者だから基本両天秤（りょうてんびん）なのだが、『スキャンダルが出たから今回はお休みだよね。だからもう一方に肩入れします』でお断りができるのが本当に強いのだ。なお、これでお断りされた方が当選した場合、報復が待っているから派閥争いはドロドロするのだ。

・拘束名簿式……あらかじめ政党の側で候補者の当選順位を決めた名簿を確定しておく方法で、政党の獲得議席数に応じて名簿登録上位から当選させてゆく方式。今の参議院選挙は非拘束名簿なので議員個人名が当落に直接影響する。

・AIRHO……北海道のベンチャー格安航空会社。

・地方局のマスコット……ONちゃん。もちろん、桂華グループというか瑠奈が冠スポンサーである。

・今回の飛行機……ボーイング737－700ERがモデル。

・減資……累積赤字の補てんや節税のメリットがある。デメリットはこの時期の減資は100％減資（つまり今までの株は紙くず）になるのがデフォなので、株主責任をとらされるという事に。100％減資から増資までが基本ワンセット。

・ハゲタカファンド……不良債権ファンドが本来の意味でのハゲタカなのだが、外資ファンドが一斉にやってきた為に日本では企業再生ファンドや企業買収ファンドとごっちゃになっている。一般人の認識ではハゲタカ＝外資ファンドという時代ですらあった。

・ぶぶ漬け……お茶漬けの一種で、京都ではこれを言う事＝早く帰れという意味だとか。事実かどうかは知らぬが、あまりに有名になったので使われる事もある。

・金融ビッグバン……1996年から2001年にかけて行われた金融制度改革の総称。金融持株会社の解禁。証券・保険業界の参加。預金保護が全額保護から定額保護へ変更……等。

・帝都岩崎銀行……96年に合併したばかり。桂華製薬をはじめとした、旧桂華院財閥系のメインバンク。

・大手ヘッジファンド救済……ここの破綻と救済で大蔵省みたいな行政指導をしてしまい各国から総ツッコミを受ける事に。なお、これで懲りなかった連中がリーマンの引き金を引く。

・泉川太一郎候補者の苦労……選挙期間中に行う某カントリーサイン。

・副総裁と副総理……もともとはお飾り職なのだが、日本的組織論では有力議員がここに入ると途端に機能する役職に化ける。

現代社会で
乙女ゲームの
悪役令嬢
をするのは
ちょっと大変

It's a little hard to be a villainess of a
otome game in modern society

あとがき

ラーメンを作るのに某アイドルグループよろしく畑から耕したのだが、その畑の作物が人気になり飛ぶように売れている。

こんな時どういう顔をすればいいいと思う？

この本を手に取っていただき本当にありがとうございます。二日市とふろうと申します。『小説家になろう』というＷｅｂサイトでは北部九州在住と名乗っておりました。

冒頭の言葉は私のこの小説における素直な感想です。

念の為ですが、この物語はすべてフィクションであり、偶然の名前や事件の一致等がありましても実在の人物・団体等とは一切関係ありません。

悪役令嬢で現在を舞台にした財閥のお嬢様というのも探すと結構あったりしますが、その財閥が『何を以て金を稼いでいるのか？』まで探ると途端になく、財閥という言葉はある意味便利なもので複数の大企業を所有しているから『財閥のお嬢様』というだけでキャラクターにつける設定としては問題はありません。

『小説家になろう』のＮＡＩＳＥＩ物は少年時代から主人公の少年少女が持っている事前知識と知っている未来に全振りする事で財をなす物語で、それは現代社会でできるじゃん！　と私は気づき、その物語がない事で絶望し、運命の扉を軽々しく開けてしまったのです。

「じゃあ書くか」

そう。あのお嬢様の物語は私の為の私の物語であり、地産地消の極みだったのです。

私の趣味をこれでもかとぶち込み、私好みのこってり風味、ただし詰まらないように『早く』、『短く』、『軽く』を意識して、最後まで書いたら編集すればいいやと書き出したのです。

で、そんな物語がまだ予定完結年代まで行っていないのに、こうして本になり皆様に手に取ってもらえるとは本当に思わなかった訳で。この小説がツイッターでバズったワードが『北海道拓殖銀行』だったのも、時代なのかもと思ってしまいます。

『平成』から『令和』に変わり、昨日が過去から時代へと変わりゆく中、あの時代を桂華院瑠奈とともに振り返る事ができるのならば、作者としては幸いです。


最後にこの場を借りて謝辞を。

桂華院瑠奈の物語を語る場所となった『小説家になろう』様。私も小説家になりました。

書籍化の声をかけてくれたオーバーラップの担当さん、素敵なイラストを描いてくれた景さんには本当に頭が上がりません。

また、本作品の書籍化にご協力くださった皆様に心からお礼を申し上げます。

最後に、この本を手に取って購入してくださった読者の皆様に心から感謝を。本当にありがとうございます。

それでは、次巻でまたお会いできる事を祈っております。

次回予告

——それは、新世紀に向けたこの国の迷走だった。

「小さな女王様。私は総理の椅子に座っていいのかな？」
「こんな小さな勝利の女神に微笑まれたら、我々の勝利は間違いないじゃないか」

与えられた運命の時間は一年。

「うちが全額出すから、湾岸石油開発の件進めてくれませんか？」

足掻く。足掻く。未来を知るカサンドラとして。

「警告はしましたよ。小さな女王様」
「瑠奈。父は正式に君を父の娘として迎える事を決めたよ」
「瑠奈君。君が持つ企業群、全て持って我々岩崎財閥に来ないかい？」

変わる運命はゆっくりと、時間は足りず、理解はされず。

「なぁ。瑠奈。俺と結婚しないか？」
「栄一くんのバカぁ!!」

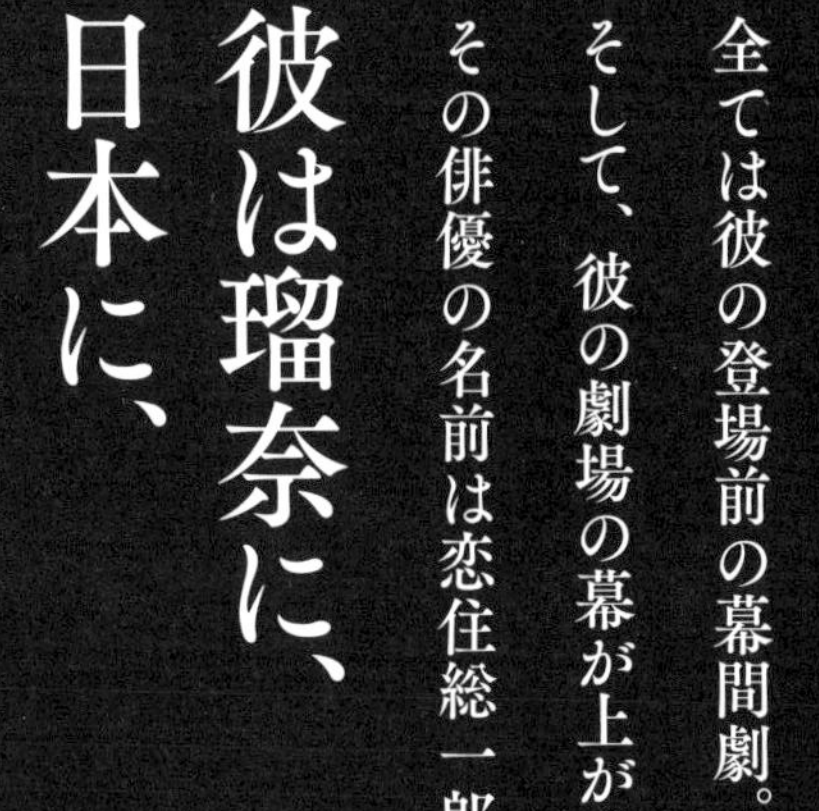

全ては彼の登場前の幕間劇。

そして、彼の劇場の幕が上がる。

その俳優の名前は恋住総一郎。

彼は瑠奈に、

日本に、

世界に叫ぶ。

「私は、この立憲政友党をぶっ壊します！」

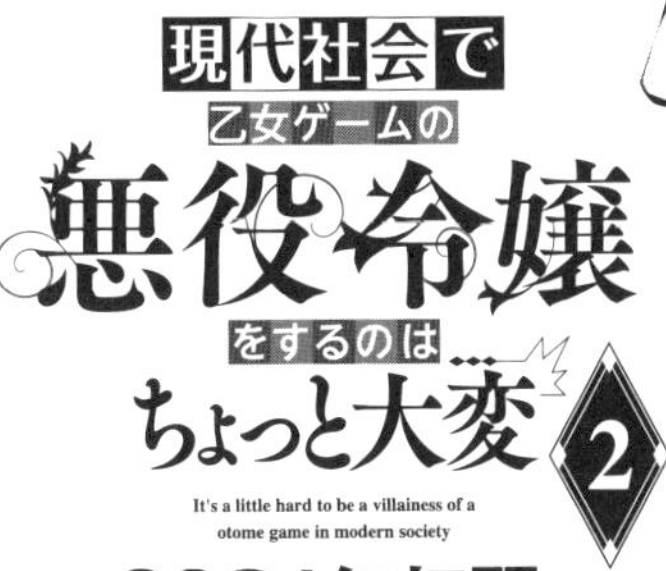

2021年初頭
発売予定

作品のご感想、
ファンレターを
お待ちしています

あて先

〒141-0031　東京都品川区西五反田 7-9-5 SGテラス5階
オーバーラップ編集部
「二日市とふろう」先生係／「景」先生係

スマホ、PCからWEBアンケートにご協力ください

アンケートにご協力いただいた方には、下記スペシャルコンテンツをプレゼントします。
★本書イラストの「無料壁紙」　★毎月10名様に抽選で「図書カード（1000円分）」

公式HPもしくは左記の二次元バーコードまたはURLよりアクセスしてください。
▶ **https://over-lap.co.jp/865547429**
※スマートフォンとPCからのアクセスにのみ対応しております。
※サイトへのアクセスや登録時に発生する通信費等はご負担ください。

オーバーラップノベルス公式HP ▶ **https://over-lap.co.jp/lnv/**

現代社会で乙女ゲームの悪役令嬢をするのはちょっと大変 1

発　行　2020年10月25日　初版第一刷発行

著　者　二日市とふろう

イラスト　景

発行者　永田勝治

発行所　株式会社オーバーラップ
〒141-0031
東京都品川区西五反田7-9-5

校正・DTP　株式会社鷗来堂

印刷・製本　大日本印刷株式会社

ISBN　978-4-86554-742-9 C0093

【オーバーラップ　カスタマーサポート】
電　話　03-6219-0850
受付時間　10時～18時(土日祝日をのぞく)